VINÍCIUS FERNANDES

~~NÃO~~ QUERO SER COMO VOCÊ

astral
cultural

Copyright © 2022 Vinícius Fernandes
Todos os direitos reservados à Astral Cultural e protegidos pela Lei 9.610, de 19.2.1998.
É proibida a reprodução total ou parcial sem a expressa anuência da editora.
Este livro foi revisado segundo o Novo Acordo Ortográfico da Língua Portuguesa.

Editora Natália Ortega
Produção editorial Esther Ferreira, Jaqueline Lopes, Renan Oliveira e Tâmizi Ribeiro
Preparação de texto Pedro Siqueira
Revisão de texto João Rodrigues
Capa Marcus Pallas
Ilustração da capa Bruna Andrade

Conteúdo sensível: Este livro contém trechos de violência que podem desencadear gatilhos.

Dados Internacionais de Catalogação na Publicação (CIP)
Angélica Ilacqua CRB-8/7057

F412n
Fernandes, Vinícius
~~Não~~ quero ser como você / Vinícius Fernandes. — Bauru, SP : Astral Cultural, 2022.
224 p.

ISBN 978-65-5566-260-3

1. Literatura brasileira 2. Homossexualidade I. Título

22-4120   CDD: B869

Índices para catálogo sistemático:
1. Literatura brasileira

BAURU
Rua Joaquim Anacleto
Bueno 1-20
Jardim Contorno
CEP: 17047-281
Telefone: (14) 3879-3877

SÃO PAULO
Rua Major Quedinho, 111
Cj. 1910, 19º andar
Centro Histórico
CEP 01050-904
Telefone: (11) 3048-2900

E-mail: contato@astralcultural.com.br

Este livro foi impresso com três capas
de cores diferentes. Porém, o conteúdo
da obra é o mesmo.

O som ensurdecedor pegou-o de surpresa. Tudo aconteceu tão rápido que ele mal teve tempo de assimilar. Só registrou cenas entrecortadas. Gritaria. Correria. Partes do teto despencando. Paredes caindo. Desespero.

E o fogo. Veio do fundo, com as pessoas feridas. O sangue escorrendo pelos rostos chamuscados e pelas queimaduras transformou uma noite comum em um verdadeiro pesadelo.

Ele ficou em choque, os olhos arregalados diante daquela cena de terror. Quando finalmente despertou do transe e pensou em correr, a segunda bomba explodiu, dessa vez perto da entrada. Teve a sensação de que o som havia estourado seus tímpanos.

Só não foi atingido pelos pedaços da parede que voaram porque foi ágil e abaixou-se atrás do balcão. Os sons vinham de todos os lados, e o crepitar do fogo era muitas vezes mais alto do que os gritos de desespero.

Devido ao calor, ele começou a suar, e a fumaça espalhou-se, fazendo seus olhos lacrimejarem e a garganta fechar-se num ataque de tosse. Com medo, e ainda agachado, ele foi se afastando, vendo a entrada parcialmente bloqueada pelos destroços da explosão.

Estava se aproximando da porta quando alguém passou correndo por ele, derrubando-o.

Dessa vez, não foi rápido o suficiente. Um pedaço do teto caiu com força em sua cabeça.

Sua visão ficou turva antes de seus sentidos desaparecerem e, então, somente escuridão.

Gabriel

Certas teorias afirmam que as pessoas vêm ao mundo com características inatas. Não importa o que aconteça em suas vidas, elas já têm uma índole desde o nascimento, que as acompanhará por toda sua existência. Outras teorias defendem a ideia de que são as vivências que definem o caráter das pessoas. Logo, cada situação formará, aos poucos, a individualidade de cada um.

Pensando nessas teorias enquanto olhava-se no espelho, Gabriel deu os últimos retoques no cabelo cacheado recém-lavado. Terminou de ajeitar os cachos escuros que cobriam parte da sua testa e ajeitou a roupa: uma camiseta branca de mangas curtas — um tanto quanto justa no corpo — e uma calça jeans verde-escuro.

Fazia apenas dois meses que Gabriel entrara para a faculdade de psicologia, mas a galera já estava preparando uma festa para, segundo alguns, "interagirem melhor com os estudantes mais velhos e fazerem novas amizades". A vida na faculdade, embora não fosse como em um filme americano, até que estava se revelando bem divertida. Uma de suas colegas mais próximas, Luana, era a responsável pela festa daquela noite. Calouros e veteranos de diversos cursos haviam sido convidados.

Era a primeira vez que Gabriel ia a um evento daquele porte. Estava ansioso. Por isso colocara suas melhores roupas e saiu de casa todo perfumado, pensando nos tipos de pessoas que conheceria na festa.

Ele acreditava muito na segunda teoria, a de que as pessoas se formam e se modificam o tempo todo, de acordo com suas vivências. O Gabriel que entrara no ensino médio alguns anos antes era uma pessoa totalmente diferente daquele Gabriel que estava saindo para uma festa da faculdade. O Gabriel do colegial não era popular, tinha no máximo dois amigos e nunca era convidado para festas. Ele até preferia aquilo. Não gostava de lugares cheios, ainda mais de pessoas que não conhecia. Mas aquele Gabriel, o calouro da faculdade, vinha esperando por aquela festa desde que Luana contara sobre a ideia para ele. Gabriel entrara no clima universitário e queria tirar o máximo proveito dos seus dias ali. Isso incluía investir na sua vida social também. Estava gostando bastante das mudanças que vinha percebendo em si mesmo. Estava mais confiante, mais livre, mais corajoso. Era maravilhoso sentir-se daquele jeito.

Quando chegou à casa de Luana, desceu do táxi e percebeu quão rica a família dela era. O casarão ficava num condomínio fechado num bairro nobre da cidade. Um sobrado de três andares com grandes janelas de vidro, pelas quais dava para ver alguns cômodos do lado de fora.

Caminhando em direção à entrada pelo caminho de pedra ladeado por um gramado bem aparado, Gabriel cumprimentou algumas pessoas que reconheceu. Outras ele conhecia só dos corredores da faculdade, mas a maioria não lhe era familiar.

A sala estava bem cheia também, com rapazes e moças segurando copos de bebida. De algum lugar, Katy Perry cantava um de seus sucessos, que ecoava pelo recinto. Gabriel avistou Luana debaixo do arco que separava a sala da cozinha, rodeada por três pessoas. Todos seguravam garrafas ou latinhas de bebida.

— Olha só quem chegou! — anunciou Alan, um dos rapazes no meio daquele grupo. Ele tinha a mesma altura de Gabriel, era magro e tinha cabelos ruivos ondulados. Alan jogou as mechas para o lado quando apontou para Gabriel se aproximando. Luana virou-se para ele. Ela era alta, tinha olhos claros e cabelo liso em tons de loiro. Suas roupas eram as mais exóticas possíveis. Um vestido hippie azul-claro que cobria apenas parte de suas coxas e com mangas largas nos pulsos, mas abertas nos ombros de um modo que os deixavam expostos.

— Gabs! — Ela sorriu, dando um abraço em Gabriel e demorando mais do que de costume. Ela gostava de abraços demorados, pois acreditava que as energias das pessoas eram trocadas naquele gesto. — Eu já ia te mandar uma mensagem. Achei que não fosse vir. Que tivesse esquecido!

— Achou que eu fosse esquecer a festa da qual você ficou falando o tempo todo, todos os dias, nos últimos novecentos anos? — brincou ele, afastando-se do abraço e sorrindo para a amiga. — Impossível.

— Trouxa! — Ela deu um tapa de leve no ombro dele.

— O que você prefere, Gabriel? — perguntou Alan, abrindo um sorriso de ponta a ponta no rosto. — Uma cerveja, um refri ou uma dessas? — Levantou a latinha roxa que segurava.

— Não precisa, eu...

— Só escolhe, amigo — interrompeu Alan gentilmente, estendendo a mão num sinal de "pare" e chacoalhando a cabeça. — Eu pego pra você. Relaxa.

— Pode ser uma dessa aí na sua mão — respondeu Gabriel, indicando com a cabeça.

Alan afastou-se e só então Gabriel reparou no resto do grupo. Além de Luana, havia outra garota conhecida, Melissa, e um rapaz que ele nunca vira antes.

— Acho que vocês ainda não se conheceram. — Melissa aproximou-se de Gabriel, puxando o amigo pelo ombro. Ela era negra e tinha olhos castanhos expressivos, que combinavam com seus cabelos cacheados e volumosos ornamentados com um lenço verde-água. — Gabs, esse é o Mateus. Um amigo que veio de Salvador. Ele veio passar uns dias aqui na cidade comigo.

Mateus abriu um sorriso e Gabriel quase derreteu por dentro. A barba escura por fazer e o cabelo curto contrastavam com sua pele e seus dentes brancos. Apertou a mão quente que ele estendia e devolveu o sorriso, tentando disfarçar as borboletas no estômago.

— Muito prazer — disse, evitando encará-lo diretamente nos olhos.

— Bebida chegando. — Alan tinha voltado. Ele entregou a latinha roxa para Gabriel, não sem antes olhar para o aperto de mão entre Gabriel e Mateus. — Agora que, pelo visto, as apresentações foram feitas, que tal a gente jogar "Verdade ou Desafio"?

Gabriel achava que aquele era um jogo um tanto quanto infantil para um grupo de universitários, porém sorriu e deu de ombros quando, por acidente, seus olhos encontraram os de Mateus.

É, até que a noite podia ficar um pouco mais interessante.

Lucas

Lucas dirigia pela cidade, observando a vida noturna da metrópole começando a ganhar vida naquela sexta à noite. Segundo o relógio no painel do carro, passava um pouco das dez, mas o trânsito estava apenas começando a diminuir. Embora algumas pessoas ainda estivessem voltando do trabalho, outras, como Lucas, estavam saindo para se divertir.

O jovem psicólogo finalizara a última consulta daquele dia por volta das seis e voltara para seu apartamento no centro de São Paulo. Já era praxe toda sexta-feira ele fechar seu consultório, seguir para casa, descansar e se arrumar para ir ao mesmo bar na rua Frei Caneca. Era tão comum que ele nem se lembrava de quando começara a ter esse hábito. Só sabia que sempre estava lá depois das dez da noite.

Estacionou numa rua ao lado e desceu do carro. Vestia uma calça jeans e uma camisa rosa-escuro que combinava com seus tênis. Olhou-se no reflexo do carro e ajeitou os cachos antes de se afastar.

Entrou no bar, cumprimentando na recepção o *host* que já conhecia. Era um rapaz alto, de cabelo loiro curto, que trajava uma camiseta apertada com o nome do estabelecimento estampado no peito, perto de seu próprio nome bordado.

— Tudo bem, Felipe? — cumprimentou ao encostar-se no balcão, lançando um sorriso para ele.

— Tudo ótimo — respondeu Felipe enquanto Lucas entregava a identidade a ele. Felipe digitou rapidamente as informações no computador da mesa da recepção. — Como andam as coisas?

— Tudo na mesma. — Lucas olhou para o fundo do bar. As mesas estavam quase todas lotadas. Havia somente alguns lugares disponíveis no balcão, a alguns metros dali. — Está bem cheio hoje, não é?

— É — respondeu o *host*, virando-se para pegar a comanda de Lucas numa gaveta cheia de cartões roxos. — Você vai gostar das *opções*.

Ele sorriu e entregou a Lucas a comanda roxa e a identidade dele. Seus dedos se roçaram por uma fração de segundo. Lucas sorriu de volta, balançando a cabeça.

— Isso eu vou descobrir daqui a pouco — respondeu ao guardar a comanda no bolso da calça e desencostar do balcão.

— Aproveita, garanhão!

Lucas se afastou, e Felipe ficou olhando-o entrar no bar, admirando a beleza daquele rapaz que chegava sempre sozinho, mas saía sempre acompanhado.

✕ ✕ ✕

— Me dá uma dessas, por favor. — Lucas apontou para a cerveja no menu sobre o balcão, e o atendente rapidamente lhe trouxe uma garrafa esverdeada. Lucas ficou observando por alguns minutos o rapaz de cabelos à escovinha e pele bronzeada trabalhando enquanto saboreava sua bebida. O rapaz estava com uma camiseta igual à de

Felipe, também colada ao corpo. Pelo visto devia ser um pré-requisito ser atraente para trabalhar ali.

Deixou de prestar atenção naquele homem bonito que corria de um lado para o outro atendendo a tantos pedidos e virou-se para o resto do bar: um ambiente com várias mesas preenchidas por grupos de amigos e diversos casais; mais ao fundo havia um pequeno palco com uma banda tocando músicas brasileiras famosas e um espaço convertido numa pista de dança, onde algumas pessoas socializavam. Aqui e ali, uma ou outra pessoa estava aos beijos com alguém, com copos, latas ou garrafas nas mãos.

— Vou querer a mesma que a dele. — Uma voz trouxe Lucas de volta ao balcão. Havia um rapaz sentado no banco ao seu lado, pedindo uma cerveja ao garçom e apontando para a garrafa de Lucas. Ele sorriu para Lucas, revelando dentes brancos e evidenciando ainda mais os traços asiáticos com seu olhar. Lucas sorriu de volta enquanto o garçom de pele bronzeada trazia a cerveja para ele.

— Eu me lembro de você — disse o rapaz, ajeitando-se no assento antes de tomar um gole da cerveja.

Lucas apertou os olhos, tentando se lembrar também. De vez em quando isso acontecia. As pessoas o reconheciam, mas ele não fazia ideia de quem eram. Não que ele fosse algum tipo de celebridade, mas... bem, ele não era do tipo que repetia encontros.

— Desculpe, eu não me lembro... — começou a dizer, fingindo estar sem graça.

Mas foi interrompido:

— É claro que não! — Ele riu. — A gente não se conheceu. Eu me lembro de você porque já te vi por aqui algumas vezes.

Lucas bebeu mais um pouco de cerveja e assentiu com a cabeça.

— Ainda bem — disse, ativando seu lado galanteador. — Assim não fico constrangido por não saber seu nome. Sou o Lucas.

— Renan.

Renan ergueu sua garrafa na direção de Lucas, que fez o mesmo. Elas se tocaram de leve no ar, e os dois tomaram um gole ao mesmo tempo, sem tirar os olhos um do outro.

✖ ✖ ✖

A porta do apartamento foi aberta de supetão. Lucas nem acendeu a luz, pois sabia o caminho de olhos fechados. Apenas fechou a porta atrás de si com os pés, sem soltar Renan, que o agarrava pela cintura e passava a mão pelas suas costas enquanto beijava-o com vontade.

Chegaram ao quarto, e Lucas empurrou Renan na cama. Renan se ajeitou, tirou os sapatos e ficou observando o dono da casa enquanto ele desabotoava a camisa agilmente, jogando-a logo em seguida para algum canto do quarto.

Renan sentiu o corpo de Lucas subindo sobre o seu e passou os braços ao redor de seu torso nu, sentindo suas curvas e acariciando sua pele macia. Terminar a noite no apartamento de Lucas não estava em seus planos no começo da noite, mas Renan não podia reclamar da reviravolta. Puxou Lucas pela nuca e colou seus lábios nos dele, a respiração ofegante dos dois misturando-se numa única.

Renan não sabia se valeria a pena, mas desejava que tivesse feito a escolha certa ao decidir terminar a noitada com aquele cara. Os pensamentos desvaneceram quando a boca de Lucas passeou pela pele de seu pescoço, fazendo-o soltar um suspiro alto e involuntário.

Gabriel

Gabriel sentia-se um pouco zonzo. O corpo parecia funcionar em velocidade reduzida. Era a terceira dose que tomava desde o início do jogo. A rodinha de amigos no meio da grande sala havia aumentado. Além dele, de Luana, Melissa, Alan e Mateus, uma aluna do curso de jornalismo havia se juntado ao grupo: Juliana.

— Eu desafio você a dançar "Ragatanga" e tomar uma dose, ou então tomar mais duas se não quiser dançar — Juliana disse.

Modificando um pouco o jogo de "Verdade ou Desafio" tradicional, os jovens haviam criado uma única regra: inventar um desafio aleatório para a pessoa à sua esquerda na roda, que tinha a opção de fazê-lo ou, se não quisesse, pagar a consequência. Ao lado de Luana, Alan ajeitou os cachos ruivos e colocou-se de pé prontamente.

— Quer me desafiar, peça algo mais difícil. — Apontou o dedo para ela, começando a mexer o corpo com uma malemolência forçada.

— Calma, calma! — pediu Melissa, pegando o celular do bolso. — Isso precisa do fundo musical.

Rapidamente, ela colocou a música para tocar. Sob o riso dos amigos, Alan começou a balançar-se, fazendo a coreografia até finalizar no refrão, recebendo aplausos da miniplateia.

— Obrigado, senhoras e senhores. — Fez várias reverências antes de voltar a se sentar.

— Sua vez. — disse Juliana para Alan, que estava do lado direito de Gabriel.

— Gabs! — exclamou Alan, virando-se exageradamente. — É a sua vez. — Ele encarou o colega profundamente, espremendo os olhos enquanto pensava. Um sorriso maroto surgiu nos cantos de seus lábios. — Escolha alguém da roda para beijar e beba uma dose ou tome três doses se não quiser.

Risadinhas espalharam-se pelo grupo. Gabriel ficou vermelho e olhou ao redor. Seus olhos encontraram os de Mateus, à sua frente, mas logo se desviaram. Depois olhou para Luana, ao lado de Mateus, que balançou a cabeça afirmativamente, como se lesse seus pensamentos. Ela apontou para o alto como se dissesse "é um sinal do universo". Ele não precisava ler mentes para saber que ela falaria algo do tipo.

Mesmo com o álcool fazendo efeito em seu corpo, Gabriel não teve coragem de dizer o que queria e travou. Os colegas esperavam sua resposta, mas Gabriel balançou a cabeça, sem saber o que falar a eles.

— Se precisar de um voluntário, eu faço esse sacrifício por você — comentou Alan, tocando o ombro de Gabriel.

Ele riu para o amigo e não respondeu. Sem ter coragem de olhar para Mateus outra vez, disse:

— Vou beber.

— Não foi dessa vez. — Alan soltou o ombro de Gabriel, dando de ombros e olhando para as amigas.

Gabriel virou as três doses sobre a mesa sem dar intervalo entre elas e viu a sala girando ainda mais rápido.

✗ ✗ ✗

O barulho da descarga ainda ecoava enquanto Gabriel lavava as mãos na pia do banheiro. Olhou-se no espelho e demorou até focar a visão. Era melhor parar de beber antes que ficasse totalmente fora de si. Ele riu e molhou o rosto com a água da torneira, tentando parecer um pouco mais sóbrio. Por mais que quisesse, seus olhos parcialmente fechados não escondiam a situação.

Quando saiu dali, trombou em alguém que queria entrar e pediu desculpas sem nem olhar para a pessoa. Seu foco estava em tentar manter-se de pé até chegar ao andar de baixo e encontrar um canto onde pudesse se encostar.

O jogo com os colegas acabara havia alguns minutos. Depois de muitos desafios cumpridos e de muitas doses de bebida, a galera se dividiu e partiu para outros ambientes da casa. Um dos sofás da sala estava ocupado por um casal que se beijava freneticamente. Mesmo assim, Gabriel pensou, o sofá era grande o suficiente para que se sentasse e ainda ficasse a uma certa distância daqueles jovens esfomeados um pelo outro.

Com a cabeça girando, Gabriel se jogou em uma das pontas e apoiou a cabeça no braço do sofá. Era melhor encostar-se ali mesmo antes que acabasse caindo e pagasse um mico na frente de todo mundo. Sentiu o mundo rodando mesmo depois de fechar os olhos, mal percebendo quando o casal saiu dali e subiu a escada para o segundo andar, com certeza procurando algum quarto onde tivesse mais privacidade.

— Então a pressa toda era para achar esse canto aqui? — perguntou alguém. Sentindo-se em câmera lenta, Gabriel começou a abrir os olhos, resmungando alguma resposta incompreensível. Quando finalmente levantou a cabeça, viu Mateus ao seu lado no sofá.

— O quê? — Foi a única frase inteligível que Gabriel conseguiu formular.

— Lá em cima... — respondeu Mateus, gesticulando em direção à escada. — Você trombou comigo saindo do banheiro.

— Ah, eu não vi... que... era você... Desculpa... — Com a língua pesada, Gabriel ouviu a própria voz saindo grogue e de maneira ridícula. Sentiu-se um completo idiota naquele momento.

— Não. Tudo bem. Relaxa... — Mateus encarou-o por alguns segundos. Gabriel virou o rosto um pouco mais para olhá-lo, e a casa pareceu balançar como um barco à deriva enquanto tudo entrava em foco outra vez. Um riso espalhafatoso escapou pela boca e pelo nariz ao mesmo tempo.

— Você tá bem? — O sorriso do rapaz com a barba por fazer parecia brilhar intensamente.

Gabriel queria responder, mas só conseguiu menear a cabeça negativamente.

— Acho que eu preciso ir embora... — disse, com algum esforço.

— E como você vai embora desse jeito? — Mateus ergueu as sobrancelhas.

— Táxi.

Gabriel apoiou a cabeça nas costas do sofá. O braço de Mateus estava ali, e ele sentiu os cabelos cacheados tocando sua pele.

— Você... — começou a dizer, um pouco sem graça. Coçou a nuca com a mão livre, tentando encontrar as palavras. — Q-quer ajuda para pedir o táxi?

Gabriel levantou-se e, com o auxílio de Mateus, dirigiu-se para o gramado em frente ao enorme casarão de Luana. Enfiou a mão no bolso da calça, desajeitado, para pegar o celular. Tentou enxergar a tela, mas teve dificuldades. Riu sem graça para Mateus, que estava ao seu lado.

— A luz tá um pouco forte. — Tentou novamente, mas parecia que as teclas estavam dançando à sua frente no maldito aparelho. Droga de bebida!

— Se importa? — Mateus esticou a mão. Gabriel desistiu e entregou o celular a ele, que começou a digitar agilmente no aparelho. — Qual é o seu endereço?

Gabriel olhou-o como se não entendesse a pergunta. Mateus acrescentou:

— Para eu avisar ao motorista.

Gabriel assentiu, resmungou algo em resposta, torcendo para que fosse compreendido, e deu uma leve cambaleada, mas foi amparado por Mateus, que conversava com o motorista.

— O táxi chega em alguns minutos.

— Obrigado.

Os dois permaneceram de pé, Gabriel levemente apoiado no braço de Mateus.

— Você vai chegar bem na sua casa?

— Espero chegar vivo e menos bêbado, senão minha avó me mata.

— Dizem que bêbados nunca erram o caminho. — Mateus riu, revelando os dentes de novo.

Gabriel teve uma vontade súbita de agarrá-lo ali mesmo.

— Ainda mais de carona, né? — disse, segurando o impulso.

Mateus virou a cabeça ao ver um par de faróis se aproximando pela rua do condomínio.

— O seu táxi chegou — disse Mateus, apontando e andando alguns passos até o limite do gramado.

O veículo parou e Gabriel abriu a porta traseira. Depois de fechá-la, Mateus abaixou-se na altura da janela e disse:

— Salvei meu número aí no seu celular. Me avise que chegou inteiro em casa, se sua avó não te matar. — E abriu um sorriso.

Gabriel encarou aquele rosto com a barba por fazer contrastando com a pele. Ou era efeito do álcool ou Mateus era lindo demais. Meu Deus!

Abrindo um sorriso desajeitado, Gabriel respondeu:
— Aviso, sim. Obrigado pela ajuda.
— Me agradeça outra hora.

Mateus deu uma piscadinha, e o carro começou a sair. Gabriel ficou olhando a figura de Mateus diminuindo de tamanho à medida que se afastava.

Lucas

A madrugada ia alta. Deitado na cama king size, Lucas observava o teto escuro do quarto. Uma inquietação já conhecida começava a tomar conta de seu peito. Se deixasse aquilo rolar por mais tempo, cruzaria a linha que ele impusera a si mesmo. Inspirou profundamente e virou o olhar para o rapaz ao seu lado. Pegou-o encarando-o com a sombra de um sorriso nos lábios.

— Você precisa ir. — Foi a única coisa que disse, sucinto, o rosto impassível.

— O quê? — A expressão do outro desvaneceu-se no mesmo instante, rapidamente se transformando em uma mescla de confusão e incredulidade.

— Precisa ir embora — repetiu Lucas, desviando o olhar. A impaciência misturou-se à inquietude em seu âmago.

Renan ajeitou-se na cama sob os lençóis. Apoiou-se nos cotovelos e olhou para Lucas, incrédulo.

— São três e meia da manhã.

— A gente já fez o que tinha que fazer.

Lucas sentou-se na beirada do colchão e pegou as roupas aos seus pés, perto da mesa de cabeceira. Entregou-as num movimento grosseiro a Renan sem olhá-lo nos olhos. Renan vestiu-se e ficou de pé, olhando para Lucas.

Lucas levantou-se, ainda despido, e caminhou com Renan até a porta da sala. O desapontamento era visível em seu rosto, mas, se Lucas havia percebido, não esboçou reação nenhuma.

Renan foi embora em silêncio. Lucas ouviu quando o elevador chegou ao seu andar. Voltou a deitar-se na grande cama desarrumada, com os lençóis contorcidos. Passou a mão pelos cabelos e soltou um longo suspiro. A noite com Renan fora prazerosa. Ele estava satisfeito, pelo menos fisicamente. E era isso que queria. Nada mais além da satisfação carnal. Renan lhe dera o que desejava. Não precisava mais dele ali. A inquietude em seu peito agora diminuía, pois era assim que queria estar, sozinho e seguro. Sem ninguém para tentar, mesmo que aos poucos, cruzar um limite intransponível, cujo outro lado estava muito bem guardado nas sombras, há muito sem incômodo.

Em meio a devaneios, o sono tomou o corpo de Lucas e ele adormeceu.

x x x

— E como você se sente agora? — perguntou Lucas. Ele estava em seu consultório, em uma das áreas mais nobres da cidade de São Paulo. O aposento era amplo, com uma grande janela de vidro, pela qual se via os arranha-céus da metrópole paulista. Um pouco atrás da poltrona onde estava sentado, uma estante repleta de livros decorava um dos cantos da sala.

O adolescente sentado no sofá à sua frente estava um pouco retraído, mal encarava Lucas diretamente. A franja ondulada escondia parte de seu rosto. Pedro tinha dezessete anos e vinha se consultando havia pelo menos seis meses. Pedro, de acordo com sua mãe, tinha muita dificuldade de se encaixar socialmente, era sempre muito reservado e de poucas palavras — características visíveis em sua linguagem corporal. Fora por isso que ela procurara Lucas. No início da terapia, Pedro mostrara-se resistente a se abrir. Foram necessárias diversas sessões até que Lucas conseguisse ouvir mais do garoto. Antes mesmo que ele dissesse, Lucas já sabia o que estava por vir. Não forçou nada, é claro. Deixou Pedro tomar seu próprio tempo, até que se sentisse confortável o suficiente com ele. Em uma das sessões, Pedro finalmente revelara algo já esperado.

— Eu... Eu acho que sou gay.

Por mais algumas sessões, os dois haviam conversado sobre aquela situação. Pedro tinha pais extremamente religiosos, do tipo que achavam a homossexualidade um pecado mortal. Fora essa repressão que havia fechado o jovem dentro de si mesmo, prejudicando sua sociabilidade. Ele sempre soube quem era, mas escondia aquilo de si mesmo e tentava inibir sua natureza. Isso só o levara a se esconder do mundo cada vez mais, até começarem a surgir desejos de tirar a própria vida. Aquela parecia ser a única alternativa para fugir de algo de que não podia evitar.

A terapia vinha lhe fazendo bem. Ele começara a entender que não havia nada de errado. Estava crescendo contra a opressão social. Contra a ideia enraizada de que ele era um erro, uma aberração. Pedro estava se fortalecendo e resistindo num mundo ainda primitivo.

Naquela sessão, numa segunda-feira, depois de meses de progresso, Pedro contava a Lucas que havia se assumido para os pais no final de semana. A pergunta ficou no ar por alguns minutos que poderiam ter sido constrangedores, mas não ali dentro do consultório. Longas pausas eram comuns. Lucas esperou pacientemente.

— Eu não... Eu não sei como me sinto. — Pedro levantou o olhar pela primeira vez e encarou Lucas por alguns segundos antes de voltar a fitar as próprias mãos. — Minha mãe está arrasada com tudo. Meu pai, desapontado. Eles me veem como um demônio.

Lucas apenas tomou notas no pequeno bloco que tinha no colo. Estava sentado de pernas cruzadas numa poltrona em frente a Pedro, que depois de um longo suspiro continuou:

— Mas é estranho... Estou me sentindo mais leve. Não sei. Foi bom e não foi. Eu odeio o jeito que eles me olham, odeio a reação deles, mas... — Ele ajeitou os cabelos, afastando-os da testa. — É como se eu pudesse respirar melhor, mesmo que com dificuldade.

— Você tirou um peso enorme das suas costas, Pedro — disse Lucas. — Fico feliz de ver esse progresso.

Lucas sorriu para Pedro, que em retribuição partiu os lábios num sorriso tímido.

— Acho que o nosso tempo está acabando por hoje. — O psicólogo olhou para o relógio na parede logo atrás do garoto e fechou suas anotações, colocando-as na mesa ao lado da poltrona, erguendo-se em seguida. Pedro imitou-o, assentindo.

— Volto na semana que vem, então? — perguntou.

— Estarei aqui te esperando. — Lucas acompanhou Pedro até a saída e, quando abria a porta para ele sair, a mãe do garoto levantou-se da cadeira na sala de espera e aproximou-se dos dois.

— Eu preciso falar com você — disse ela. — Espera ali, Pedro.

Ela entrou no consultório praticamente forçando Lucas a ir junto, e fechou a porta.

— Ele deve ter te contado o que aconteceu no fim de semana. Como nenhuma resposta veio, ela continuou:

— É o seguinte... — Sob o olhar do psicólogo, ela apontou um dedo em direção ao seu peito. — Quero que você tire essa ideia da cabeça dele. É para isso que ele está fazendo esse tratamento. Eu nem queria que ele viesse aqui, mas disseram que funcionava e eu resolvi tentar, mas... Ele não pode ser uma daquelas coisas.

Lucas suspirou, buscando paciência para responder do modo mais calmo e profissional possível.

— Dona Margarida, por enquanto não posso discutir com a senhora o que foi conversado com seu filho aqui dentro. Mas fique tranquila: estou aqui para ajudá-lo. Todos queremos o bem dele.

Margarida não pareceu confiar muito naquela resposta. Assentiu forçadamente e abriu a porta, revelando um Pedro com cara de paisagem.

— Te vejo semana que vem — disse Lucas ao menino.

Pedro acenou e saiu pela recepção com a mãe. Lucas pressionou levemente a têmpora. Pedro, de algum modo, lembrava-o de si mesmo na época em que se assumira para os pais. Os tempos eram outros, mas o preconceito permaneceu enraizado. Talvez um pouco menos escancarado, mas ainda assim um problema. A homofobia aparecia de diversos modos e podia trazer danos irreversíveis, tanto físicos como mentais. Podia se manifestar em uma frase, um olhar, uma família que não acolhe um jovem tentando encontrar seu lugar num mundo intolerante, um pequeno ato que pode parecer insignificante para alguns ou até mesmo...

Lucas interrompeu seus pensamentos, sentindo seu subconsciente gritar que estava cruzando terrenos perigosos. Caminhou até a janela e observou os prédios da cidade.

O preconceito mata de diversas maneiras, pensou, vendo seu reflexo sério encarando-o de volta pelo vidro.

Percebeu, ali, que teria bastante trabalho pela frente se quisesse ajudar o jovem a ter um desfecho menos trágico que o dele.

Gabriel

Gabriel acordou, mas não conseguiu abrir os olhos. Suas pálpebras pesavam toneladas, assim como a cabeça, que permaneceu afundada no travesseiro. Sentiu a boca seca e bocejou longamente.

Demorou alguns segundos para colocar os pensamentos no lugar e lembrar onde estava. Reconheceu seu quarto e o conforto de sua cama, só não se lembrava bem de como havia chegado ali na noite anterior. Veio à sua mente a imagem do garoto de Salvador que conhecera, e ele começou a recordar. Mateus o ajudara a pegar o táxi, pois estava tão alterado pelo álcool que mal conseguia mexer no celular. Sem perceber, abriu um sorriso.

Arregalou os olhos de supetão com a memória repentina. Mateus havia gravado o próprio número no seu celular enquanto pedia o carro. Será que era verdade ou ele tinha sonhado? Ele ainda estava meio confuso. Gabriel virou-se desajeitadamente na cama e pegou o celular na mesa de cabeceira. Eram quase onze da manhã, mas ele não ligou para a hora. Foi direto para a agenda e procurou o nome de Mateus. Estava lá. Não era imaginação sua.

Agora só precisava tomar coragem e mandar uma mensagem para Mateus.

× × ×

— Como foi a festa ontem? — Dona Gertrudes perguntou ao neto quando ele se sentou à mesa. Ela escondia os cabelos brancos com uma tintura castanho-claro, por isso parecia mais jovem do que era. Ela terminava de secar a louça quando Gabriel serviu-se de uma xícara de café, numa tentativa de amenizar a dor de cabeça.

— Foi ótima, vó — respondeu Gabriel, massageando a testa.

— Pelo visto, se divertiu bastante, né?

Gabriel encarou-a com os olhos semicerrados. A claridade da casa o incomodava.

— Tua aparência — continuou ela, vendo a expressão de dúvida no rosto do neto. — Você tá acabado.

Bebendo um gole do café, Gabriel quase cuspiu tudo quando a risada veio. O jeito espontâneo da avó era uma das coisas de que ele mais gostava nela. Avós, como muitos dizem, são seres especiais na vida das pessoas, mas Gabriel tinha certeza de que a dele era ainda mais.

— É... — confessou ele, pousando a xícara na mesa. — Acabei bebendo um pouco além da conta.

— Só tomar esse café aí e comer alguma coisa que melhora — aconselhou Gertrudes, sentando-se à mesa com o pano de prato ainda nas mãos. — Eu mesma tive meus dias de ressaca na juventude.

— A senhora era das festeiras, então? — Gabriel riu.

— Ah, meu filho! Festeira e militante — exclamou ela, com o olhar vago, como se as lembranças passassem pela sua mente. Ela já lhe contara muitas aventuras da juventude, dos protestos em favor dos direitos das mulheres e contra a ditadura, e das diversões. — Eu sabia como me divertir. Ah, se sabia! Eu saía com vários... Como é que vocês dizem hoje em dia? Vários boys, é isso.

Dessa vez Gabriel não conteve a risada e cuspiu o café.

— O vô então foi o que te fisgou?

— Seu avô vivia correndo atrás de mim, isso é fato. — Gertrudes parecia empolgada com a história. Ela cutucou o braço do neto para garantir que ele estivesse prestando atenção. — Mas eu não queria saber dele, não. De jeito nenhum. As mulheres da minha época eram tudo doida para arrumar um namorado e casar. E seu vô queria porque queria me namorar. Mas eu queria curtir.

— Uma moça além do seu tempo — comentou Gabriel, achando graça naquela história, que a avó já havia lhe contado milhares de vezes.

— Ah, mas eu curti, viu? Curti mesmo. — Ela soltou um suspiro, como que perdida em lembranças. — Mas no fim me cansei e comecei a enxergar seu vô Henrique com outros olhos, sabe?

Gabriel observava a avó falando. Ele era um sonhador. Conhecia de cabo a rabo a história dos dois, mas sempre gostava de ouvi-la, pois reacendia em si a esperança de encontrar alguém, assim como os avós haviam se encontrado. Ali, na cozinha, com o olhar fixo em Dona Gertrudes, sua mente começou a vaguear, formando gradualmente a imagem de Mateus.

— Nós tivemos uma vida longa e feliz juntos... Corremos muito da polícia nos protestos. — Ela riu, recordando dos episódios. Soltando o ar pelo nariz, por fim continuou: — Eu sinto falta dele ainda, às vezes. Aquele velho safado que morreu e me deixou aqui sozinha.

Gabriel riu para a avó e tocou na mão dela.

— Sinto saudade do vô também — disse ele. — Mas ainda bem que você tá aqui pra ser minha melhor amiga, né, vó?

— Ué! — exclamou Gertrudes, olhando-o com estranheza. — Achei que sua melhor amiga fosse aquela Luana da faculdade.

— Ela é minha segunda melhor amiga — respondeu Gabriel, semicerrando os olhos para ela.

— Já que sou sua primeira melhor amiga... — Seus dedos fizeram aspas no ar. — Me conta: e os boys da festa? Pegou muitos?

Gabriel gargalhou.

— Ai, vó... — disse, encostando-se na cadeira e meneando a cabeça em sinal negativo. — Não. Não peguei ninguém. Ainda.

— Olha só ele. Seguindo meus passos! Vou te dar umas dicas para fisgar o rapaz. Mas antes quero saber de tudo. Anda, me conta.

✖ ✖ ✖

Espero que você ainda esteja em São Paulo quando receber essa mensagem.

Gabriel enviou a mensagem e esperou. Menos de um segundo depois, seu coração disparou quando o celular vibrou em sua mão, anunciando a chegada da resposta de Mateus.

Então, ele se lembrou de que salvei meu número. Sim, ainda vou ficar por aqui mais umas duas semanas.

Gabriel pensou e repensou antes de começar a digitar a resposta. Ainda assim, apagou e reescreveu a mensagem mais umas duas ou três vezes:

Ah, que bom! Talvez assim eu possa te mostrar alguns lugares legais da cidade antes de você voltar. Se você estiver sóbrio, eu topo! Hahaha!

Gabriel riu. Ele tentou não criar expectativas, mas era contra sua natureza tentar se conter: sua mente fértil já começou a produzir diversas possibilidades do que o futuro lhe reservava. Se elas iriam se concretizar ou não, ele não sabia.

Lucas

Lucas terminou de tomar seu banho. Era segunda-feira à noite e ele fechara o consultório havia pouco tempo. Foi até a cozinha com o cabelo molhado para procurar nos armários algo que pudesse jantar. Ao ver a despensa vazia, com exceção de algumas bolachas recheadas, percebeu que se esquecera de fazer as compras da semana.

  Levantou o olhar para um relógio no balcão. Já eram por volta das nove horas, e ele não estava a fim de cozinhar, então decidiu que abriria uma exceção naquela noite. Pegou as chaves do apartamento e saiu, trancando a porta atrás de si. Enquanto descia pelo elevador, checou o "aplicativo de pegação", como o chamavam. Havia diversas mensagens não respondidas. Lucas as rolou, vendo se havia algo de interessante, mas desistiu antes mesmo de atingir o térreo. O aplicativo facilitava quando queria encontrar um cara para algo casual. O Lucas mais jovem acharia aquilo uma coisa vazia e sem sentido, mas o psicólogo bem-sucedido de hoje o usava como uma ferramenta. Na maioria das vezes, ignorava as mensagens que recebia, pois não havia interesse mútuo.

  Lucas era bem atraente com seus 28 anos de idade. O cabelo cacheado combinava com os olhos escuros. Sabia que era charmoso.

Cuidava do corpo, sempre prestando atenção à alimentação e aos exercícios físicos que praticava. Lucas era tido como um "padrãozinho". Sendo padrãozinho ou não, ele não via problemas na sua aparência. Sempre conseguia quem queria, fazia o que queria e estava satisfeito com isso. Não se envolvia emocionalmente. Começava e acabava relacionamentos sem neuras, como ele mesmo gostava de dizer. Tinha tudo que precisava: uma carreira consolidada e o emocional sob controle.

Ainda em devaneio com seus pensamentos, Lucas acabou chegando ao mercado na esquina do seu prédio de modo automático. Dirigiu-se ao corredor dos congelados, passando sem atenção ao lado de um rapaz que mexia no celular. Enquanto olhava as lasanhas na geladeira, não percebeu um outro homem se aproximando pelo outro lado.

— Lucas? — perguntou o recém-chegado.

Lucas desviou a atenção das lasanhas e observou o rapaz à sua frente.

— Felipe! — Era a primeira vez que o via fora do bar e sem o uniforme preto. Dessa vez, ele usava uma regata verde e short preto. — Estava correndo?

— Dá pra ver pela minha cara de acabado? — Felipe passou a mão pelo cabelo loiro curto e sorriu. Lucas não pôde deixar de admirar seus intensos olhos azuis.

— Só um pouco — brincou. — Mas o que você tá fazendo por esses lados?

— Eu moro aqui perto. Fui dar uma corrida no parque agora à noite e vim pegar alguma coisa pra comer. Mas e você? Não achei que tivesse uma vida fora do bar — disse ele, rindo.

Lucas o acompanhou e balançou a cabeça antes de responder:

— Eu moro por aqui também. No prédio ali pra cima da rua. Estranho a gente nunca ter se encontrado antes.

— Verdade. — Felipe colocou uma mão na cintura e olhou para a geladeira com os congelados. — Vai pegar o que pra jantar?

Nesse momento, o celular de Lucas indicou a chegada de uma mensagem. Ele ignorou, e virou-se para pegar uma das lasanhas.

— Acho que vou ficar com essa aqui mesmo — respondeu. — É bem fácil de fazer.

— Também gosto. — Felipe pegou uma caixa da mesma lasanha e piscou para Lucas. — Bom, vou indo nessa. A gente se vê.

Começou a andar pelo corredor na direção do homem que havia ignorado. O celular de Lucas apitou mais uma vez no bolso, mas ele não percebeu, pois acompanhava Felipe com o olhar.

— Lucas... — Felipe deteve-se no corredor e virou-se para encará-lo. — Já que a gente mora perto, se quiser companhia para jantar qualquer dia... — Ele hesitou, parecendo um tanto quanto nervoso ao colocar uma mão na nuca. — É só me avisar.

Lucas sorriu, sua mente fértil imaginava diversas possibilidades. Felipe devolveu o sorriso com dentes brancos bem alinhados.

— Claro — respondeu Lucas.

Felipe afastou-se. Lucas então pegou o celular e viu que as notificações eram do aplicativo. Alguém o tinha bombardeado de mensagens. Abriu-as e levantou os olhos para o homem no fim do corredor por onde Felipe acabara de passar. As mensagens eram do rapaz que não largara o celular desde que Lucas entrara no mercado. Pela primeira vez, seus olhares se cruzaram. Lucas balançou a cabeça afirmativamente, e o rapaz abriu um sorriso.

Os dois saíram do mercado juntos.

ⅩⅩⅩ

A lasanha ficou esperando no freezer enquanto Lucas e o rapaz, chamado Marcelo, começaram a se pegar no meio da sala.

As roupas ficaram aos pés do sofá, e logo os dois já estavam em meio aos lençóis recém-trocados no quarto. Marcelo suspirou depois que tudo acabou, deitado nos braços de Lucas.

— Imaginei que seria bom, mas não tanto assim — comentou.

— Quando a gente menos espera, aí é que é bom. — Riu Lucas.

— Eu preciso ir embora agora. — Marcelo esticou-se para olhar a hora no celular na mesa de cabeceira. Já passavam das onze da noite. — Tenho que trabalhar amanhã cedo.

Ótimo, pensou Lucas. Ele gostava assim, quando não precisava praticamente expulsar o cara do seu apartamento. Era tudo muito mais simples daquele modo.

Marcelo levantou-se e foi até a sala, onde vestiu-se novamente. Lucas acompanhou-o até a porta. Marcelo chamou o elevador e olhou para Lucas, sorrindo.

— A gente se fala — disse, entrando no elevador. As portas se fecharam enquanto Lucas concordava com a cabeça. Ele sabia que nunca mais se falariam.

Voltou para dentro de casa e colocou a lasanha para assar no forno. À medida que o cheiro da comida se espalhava pelo apartamento, o silêncio se fazia cada vez mais presente. O único som era o tique-taque do relógio ecoando como um lembrete de que o tempo era cruel e nunca parava. A cada segundo, uma sensação de vazio reverberava em seu interior, e não era fome. Era algo maior e mais profundo, algo com o que já estava acostumado.

Lucas observou as milhares de luzes iluminando São Paulo através da janela, apesar de já passar da meia-noite. Cada pontinho nos prédios vizinhos era um lar. Lá embaixo, pedestres andavam pela rua, carros iam e vinham. A cidade que nunca dormia pulsava, pessoas socializavam, dormiam, riam, faziam de tudo.

Mas, mesmo em meio a tanta gente, ele estava ali, esperando o jantar ficar pronto. Sozinho.

Gabriel

Luana encontrou Gabriel na porta da sala de aula na manhã de segunda-feira depois da festa. Ela sorria e parecia radiante quando abraçou o amigo assim que ele se aproximou.

— Você mal falou comigo o final de semana inteiro — disse Gabriel, forçando uma careta. — E agora está aí com esse sorriso de orelha a orelha. O que aconteceu?

— Várias coisas — respondeu ela. Alguns alunos passavam por eles, entrando na sala, mas ainda faltavam alguns minutos para a aula começar. — Você se lembra daquela menina do curso de jornalismo que jogou com a gente? Juliana?

Gabriel teve que fazer um esforço. A lembrança que tinha era vaga. Sabia que várias pessoas estiveram na rodinha do jogo na festa, mas não conseguia relacionar o nome ao rosto.

— Ahn... Acho que lembro — respondeu ele, num tom de incerteza, com o cenho franzido.

— Então — continuou Luana, puxando Gabriel pelo ombro para afastá-lo da porta. — Depois que você sumiu da festa, eu comecei a conversar com ela. Você não vai acreditar. Eu vi que ela estava usando um colar do Chakram da Xena.

Gabriel revirou os olhos, fingindo estar cansado daquilo. Luana era uma verdadeira fã de *Xena: A Princesa Guerreira* e sempre se empolgava quando falava sobre o seriado.

— Aí a gente começou a conversar, é claro! E, Gabs, eu acho que tô apaixonada. — Ela colocou as mãos nas bochechas e olhou para o alto, em um gesto sonhador. Naquela manhã, Luana vestia um conjunto de calça folgada feita de fibra de bambu com espirais azuis e roxas estampadas e blusa no mesmo tom.

— Mas já, Luana? — Gabriel apoiou os punhos na cintura, balançando a cabeça. — Vocês já trocaram aliança na festa mesmo?

— Ai, claro que não. — Luana deu um tapa de leve no ombro dele. — Mas a gente tá se falando desde então. E eu acho que dessa vez vai mesmo rolar alguma coisa...

Gabriel deu um sorriso reconfortante para Luana. Ela passara por diversas decepções amorosas nos últimos anos, mas, mesmo assim, ainda acreditava no amor. A cada nova pessoa que aparecia, ela tinha certeza de que poderia ser aquela que mudaria sua vida. Gabriel admirava sua sempre tão brilhante esperança.

— Eu realmente espero — comentou Gabriel, apertando o ombro dela de leve. — Não é tão fácil encontrar fãs da Xena como você hoje em dia, então é melhor conquistar logo essa tal de Juliana.

— Mas você não me contou direito o que aconteceu. — Luana começou a mudar o foco da conversa quando mais duas alunas passaram por eles e entraram na sala. — Foi embora porque não estava se sentindo bem, não falou comigo nem nada...

Gabriel enrubesceu e desviou o olhar.

— Quando você dá dessas, sei que tá escondendo algo — insistiu Luana, empurrando-o com o ombro para encorajá-lo. — Anda, me conta.

Gabriel coçou a cabeça, rindo sem graça, mas acabou contando sobre a ajuda que recebera para ir embora da festa.

— Olha só, Gabs. Arrasando o coração dos baianos. — Luana bagunçou os cachos dele com a mão.

— E aí, galerinha? — A voz de Alan chegou antes dele pelo corredor. Gabriel e Luana o viram aproximando-se da sala com Melissa e seus lindos cachos volumosos. — Qual é a boa?

Alan abraçou Gabriel, apertando-o de um jeito que o deixou um pouco constrangido, depois deu um beijo em Luana. Quando Melissa cumprimentava Gabriel, Luana deu com a língua nos dentes:

— O Gabriel estava aqui contando que pegou o número do Mateus na festa.

Melissa riu como se já esperasse por aquilo. Mateus era amigo dela e estava hospedado em sua casa. É claro que ela já devia estar a par da situação.

— E você acha que já não ouvi essa história? — disse Melissa, olhando-os como se a informação fosse óbvia. — Acho bom vocês se apressarem. Ele vai embora daqui a uns dias, viu?

— Acho bom a gente se apressar — emendou Alan. Seu sorriso característico parecia ter diminuído. — Já tá na hora da aula.

Ele entrou na sala sem dizer mais nada. Os três amigos do lado de fora se entreolharam. Gabriel não entendeu a reação de Alan.

— O que deu nele? — perguntou Gabriel, abrindo os braços em sinal de questionamento.

— Ih, filho! — Melissa o segurou pela nuca, forçando-o a olhar para ela. — Tu é lerdo mesmo, né?

— Ele tá com ciúme — falou Luana.

Gabriel a olhou como se ela tivesse dito a coisa mais sem sentido do mundo.

— Nada a ver. Ciúme de mim? O Alan? — Fez um gesto no ar com a mão, como que espantando a ideia. — Vamos entrar, vai...

✕ ✕ ✕

Gabriel chegou à entrada do parque pontualmente às 15h. Era quarta-feira e, por ser seu dia de folga no café onde trabalhava, escolheu aquele horário para se encontrar com Mateus.

Não precisou esperar muito para vê-lo se aproximando entre as pessoas que passavam pela larga calçada daquele pedaço da avenida Paulista. Mateus vestia uma camiseta branca e um short azul estampado, um tanto quanto chamativo. Quando deu por si, Gabriel acenava, com um sorriso involuntário no rosto.

— É bom ver você sóbrio — brincou Mateus depois de cumprimentá-lo com um abraço.

Com as bochechas vermelhas, Gabriel respondeu:

— Aquela noite foi uma exceção, eu juro. — Juntou as mãos, fingindo implorar por compreensão.

— Graças a uma exceção estamos aqui, né? — Mateus partiu os lábios num sorriso que deixou sua barba cerrada em evidência. Gabriel sentiu um frio no estômago. *Borboletas*, pensou.

Como não houve resposta, Mateus virou-se para a entrada do parque e apontou para o caminho à frente deles, ladeado de árvores e com um chão de pedras.

— É esse o famoso Trianon do qual você me falou?

— É — respondeu Gabriel, começando a andar ao lado de Mateus. — Não é grande, nem tem muita coisa para fazer, mas eu gosto daqui. Acho um lugar tranquilo.

Atravessaram o portão, e o ar pareceu mudar no mesmo instante. O som da cidade ficou abafado como num passe de mágica. O verde das árvores e das folhagens que cercavam a trilha por onde andavam tomou conta da visão. Até mesmo um cheiro fresco, livre da poluição característica da cidade, invadiu suas narinas. Um pouco para a esquerda, havia uma área mais aberta com uns balanços e alguns brinquedos para crianças, apesar de não haver nenhuma ali no momento. À direita, podia-se ver uma pequena construção, onde ficava a administração do parque, os banheiros e alguns bebedouros.

— Parece ser bem bonito mesmo — concordou Mateus.

Os dois seguiram pelo caminho à frente, as árvores altas fazendo a luz do sol tremeluzir entre suas folhagens e lançar sombras em seus rostos. De vez em quando, alguém passava fazendo sua corrida vespertina. Ou então eles passavam por casais aos beijos sentados em bancos. Viram pessoas passeando com cães, pessoas tirando foto ou falando ao telefone. Uma tarde bem paulistana dentro daquele oásis verde em meio à cidade de concreto.

Atravessaram uma pequena passarela que se estendia acima de uma rua paralela à avenida e logo encontraram um banco livre do outro lado do parque. Sentaram-se nele, observando o movimento ao redor. Estavam tão próximos que suas pernas se tocavam mesmo sem perceberem.

— Ei, há quanto tempo você conhece a Mel? — indagou Mateus, seu sotaque baiano sendo evidenciado pelo tom na pergunta.

— A Melissa? — respondeu Gabriel. — Conheci ela quando entrei na faculdade no começo do ano. E você?

— Ela nasceu em Salvador, como você deve saber — explicou Mateus. — A gente meio que cresceu junto. Sempre estudamos na mesma escola, e morávamos na mesma rua. Nossas famílias são muito amigas, então foi uma coisa meio que automática, sabe?

Gabriel assentiu. Não encarava Mateus diretamente, mas, com o canto dos olhos, tentava captar cada detalhe dele. O rosto bonito, as pernas à mostra. Por estar sentado, seu short ficava ainda mais curto. Gabriel tentou disfarçar e não olhar tanto, mas que pernas!

— Sei — respondeu, por fim. — Ela veio pra cá por causa da faculdade. Mas me fala de você. O que faz por lá?

— Ah, eu terminei o colégio e decidi esperar para entrar em alguma faculdade. Ainda não sei bem o que quero da vida, então vou tirar esse tempo para espairecer um pouco, decidir o que eu realmente quero.

— Isso é bom — comentou Gabriel, cruzando os olhos com os de Mateus por acidente. — Eu acabei entrando direto na faculdade. Sempre soube o que queria fazer.

— Então, você é uma pessoa bem decidida. — Mateus riu. — Eu ainda tô me encontrando.

Gabriel refletiu por alguns instantes antes de responder.

— No fundo, eu acho que estamos todos um pouco perdidos. Sempre buscando alguma coisa, mas quando a encontramos, aparece uma outra que queremos ainda mais e continuamos nessa busca infinita. No fim, nunca encontramos nada e continuamos indo pra lá e pra cá, sem saber realmente pra onde queremos ir.

Mateus olhou-o com os olhos semicerrados. Gabriel sustentou o olhar por alguns segundos antes de rir.

— Desculpa — disse Gabriel, envergonhado. — Às vezes eu viajo e minhas paranoias não fazem sentido para os outros.

— Não, eu entendi o que você quis dizer — comentou Mateus, colocando uma mão no joelho de Gabriel, num gesto tranquilizador. Gabriel sentiu um arrepio subir pelo corpo e seus olhos atraíram-se para o movimento do rapaz. — Concordo. Acho que no fim ninguém sabe o que quer: é tudo uma ilusão muito louca.

— Eita. — Gabriel riu de novo, tentando não demonstrar o nervosismo mesclado à sensação gostosa da pele de Mateus tocando a sua. — Agora vêm aquelas teorias malucas de que a realidade não existe e tudo isso ao redor na verdade está sendo injetado na nossa mente — disse, agitando as mãos no ar, indicando os arredores.

— Melhor a gente parar por aqui. — Mateus pegou a mão de Gabriel.

Ele sentiu uma pequena corrente elétrica subir pelo braço e passar pela nuca, espalhando-se pelo resto do corpo.

— O papo das teorias malucas a gente pode deixar para depois — continuou Mateus, sem soltá-lo.

Gabriel não soube dizer se era imaginação ou se aquilo realmente estava acontecendo: o rosto de Mateus bem próximo do seu. Sentiu, então, o hálito dele acariciar levemente sua pele. Encarando a boca de Mateus, tão próxima, tomou coragem e impeliu-se para cima dele, num beijo. Uma de suas mãos pousou na perna dele, enquanto a outra o prendia contra si pela nuca.

Sem importarem-se com a vida pulsando ao redor deles, Gabriel e Mateus perderam-se um no outro.

Lucas

— Minha mãe reza todo dia pedindo para que Deus me cure.
Lucas escutava Pedro em silêncio. O consultório era iluminado pela própria luz do sol, que brilhava forte do lado de fora.

— Eu odeio o jeito que ela me olha — continuou Pedro. — É tão reprovador... com desgosto. Já escutei ela no quarto pedindo com todas as forças que os demônios que me tentam deixem meu corpo, em... — Pedro bufou, ironizando o pedido da mãe. Fez uma careta ao continuar, replicando o que ouvira em casa: — Em nome de Jesus.

— Eu sei muito bem como é se sentir desse jeito — disse Lucas depois de algum tempo só ouvindo. — Sei o peso que você carrega por ser visto desse modo por alguém tão próximo a você. Qual a sua opinião sobre religião? Você tem alguma?

Pedro levantou o olhar e ajeitou a franja para poder enxergar Lucas melhor. Refletiu por alguns instantes antes de responder:

— Não sei. Eu tenho raiva de religião.

Lucas anotou alguma coisa no bloco de notas sobre seu colo. É claro que Pedro teria raiva, visto o fanatismo religioso da mãe.

— A religião é para muitas pessoas um ponto de luz — disse Lucas. — Não que todos tenham que ter. Mas para alguns, ajuda.

É algo um pouco mais, digamos, concreto, algo em que elas podem se apoiar e ter um propósito de vida. Claro que muita gente se perde no fanatismo, e ter uma crença acaba fazendo mais mal do que bem.

Pedro o encarou, tentando entender aonde Lucas queria chegar.

— O que quero dizer é: não precisa ser uma crença em si, mas cada pessoa tem que encontrar alguma força própria para se manter forte nesse mundo louco. Cada um precisa encontrar uma motivação. Um ponto de apoio que o ajude a se manter em pé, firme, sem se importar com o que outras pessoas poderão pensar. Uma coisa somente sua. — Fora essa a maneira que o próprio psicólogo encontrara de se manter forte. Criara algo em seu interior que o ajudasse a seguir em frente sem vacilar, mesmo que isso significasse um pouco mais de solidão. Lucas estendeu a mão aberta na direção do menino. — Você, por exemplo, precisa encontrar dentro de si algum jeito de não se abalar com o julgamento de terceiros, independentemente de quem sejam. Você precisa se encontrar, se equilibrar e dizer a si mesmo que não está errado. Que você é o que você é. Não pode deixar o julgamento de outras pessoas interferir aí dentro.

Pedro olhava-o com esperança, mas um certo receio.

— Não vai ser fácil — completou Lucas, inclinando-se na poltrona. — Mas é sua lição para a próxima consulta, combinado?

Pedro assentiu. O tempo dos dois terminou.

Depois de fechar a porta e ficar sozinho na sala, Lucas sentou-se novamente na poltrona. Mesmo exercendo a profissão há anos, às vezes ele ainda ficava surpreso por conseguir ter uma roupagem completamente diferente quando estava trabalhando. Era como se fosse outra pessoa, alguém completamente isolado de sua própria vida e de suas experiências pessoais. Talvez fosse isso que o fizesse ser um ótimo profissional.

Ele sorriu para si mesmo antes de levantar-se. Deixou o consultório e foi almoçar. Sua próxima consulta seria só às 15h.

✕ ✕ ✕

Lucas avistou-a, acenando de uma mesa, assim que entrou no restaurante. Sorriu, levantando a mão para cumprimentá-la e dirigiu-se até a bela moça com brincos enormes no formato de meias-luas.

— Aí está ele — disse ela, levantando-se para dar um abraço apertado. Afastou-se e analisou o rosto de Lucas, segurando-o entre as mãos. Por fim, bagunçou de leve seus cachos, enquanto os dois sentavam-se. — Quanto tempo que não nos vemos. Estava até começando a esquecer seu rosto.

— Como você é dramática, Amora — comentou Lucas, abrindo um sorriso de lado para a mulher.

Ela exibiu uma expressão teatral de indignação, colocando uma mão no peito.

— Eu não acredito que você desenterrou esse apelido. Nem lembro como surgiu direito. Só sei que faz, tipo, uns dez anos.

— Vai ser sua punição por termos adiado nosso almoço durante uns seis meses — disse Lucas, quando o garçom se aproximava.

Os dois fizeram seus pedidos e logo estavam sozinhos à mesa outra vez. Amora, como Lucas queria chamá-la, continuou:

— Bem, eu não tenho culpa que o senhor não tem tempo para suas amigas.

— Ei, tenho tempo, sim — rebateu ele, fingindo estar ofendido.
— Mas nossas agendas nunca batem. Nem mesmo nos congressos a que a gente vai.

— É... — Ela assentiu. — Faz sentido.

O garçom voltou com as bebidas e colocou-as sobre a mesa antes de sair novamente.

— E como estão as coisas com sua excelentíssima esposa? — perguntou Lucas ao tomar um gole do suco de melancia.

Amora colocava adoçante no copo quando começou a responder, rindo pela escolha de palavras de Lucas.

— Estão ótimas. Ela está viajando a trabalho essa semana. A gente está planejando uma viagem para o fim do ano. Acho que você devia vir com a gente.

— Pra onde vão?

— Estamos pensando em fazer um tour pela Europa. França, Portugal... Pegar o trem e sair conhecendo os lugares.

— Que maravilha. E eu vou lá atrapalhar o casal? — complementou de modo irônico.

— Larga de ser besta. — Amora deu um tapa de leve na mão do amigo. — Não vai ser uma viagem de lua de mel.

— Vocês estão juntas há quanto tempo mesmo? — perguntou Lucas. Ele sabia que era bastante, mas conhecia Amora há tantos anos que não conseguia precisar o quanto. Lembrava-se do casamento no qual estivera presente. Parecia ter sido em uma outra vida.

— Há quase dez anos, dá pra acreditar? — Amora sorriu, tomando um gole do seu suco. Aquele olhar em seu rosto era de pura felicidade.

— Pra quem começou cheia de inseguranças... Hoje estão planejando uma viagem pela Europa depois de anos de relacionamento. — Lucas sorriu para Amora, segurando a mão dela sobre a mesa. Tinha boas lembranças da época em que elas haviam começado a namorar e sentia orgulho de ver como a relação evoluíra e só fizera sua amiga ainda mais feliz. Hoje, ele sentia-se como uma pessoa totalmente diferente de quem era naqueles anos, mas Amora ainda era a mesma de sempre. — Eu fico muito feliz por você.

— Obrigada. — Ela devolveu o gesto carinhoso acariciando a mão dele. — Você estava com a gente desde o começo também,

~~Não~~ quero ser como você

né? E por falar nisso... — Amora juntou as mãos. — Quero saber de você. Me conta, está saindo com alguém?

O garçom voltou trazendo os pratos de comida. Lucas esperou que ele terminasse de servi-los antes de responder.

— O que você acha? — Encarou Amora com um sorriso de lado.

— Você ainda está nessa? — Ela pareceu desapontada.

Lucas deu de ombros.

— Não conheceu ninguém interessante? — perguntou Amora.

Lucas refletiu alguns segundos. Desde a última vez que vira a amiga de longa data, há pelo menos seis meses, ele conhecera diversos homens. "Conhecera" não era bem a palavra certa. Os encontros não passavam de uma noite, às vezes nem isso.

— Não — disse ele por fim, sem expressão. — Você sabe que eu não "conheço" as pessoas.

Amora ergueu as sobrancelhas e começou a servir-se da comida que pedira.

— Você sabe o que eu acho sobre isso, né? — comentou, olhando para ele por cima do garfo. — Um dia vai aparecer alguém que vai derrubar esse muro que você construiu ao seu redor.

— Não se eu não deixar — rebateu Lucas. — Eu tô ótimo assim. Não devo satisfação para ninguém. Tenho tempo para mim, faço o que quero, quando quero. Não tenho do que reclamar.

— Se você gosta, quem sou eu pra dizer o contrário? — questionou Amora, colocando as mãos para cima, num sinal de rendição. — Só sei que não trocaria o companheirismo que tenho. É claro que a gente vive discutindo, principalmente essas questões sociais, mas minha princesa e eu temos algo muito especial. Sei lá... — Soltou um suspiro. — Ai, me deu saudade dela agora...

Lucas gargalhou.

— Ai, Deus! — disse ele. — Você é engraçada, sabia? Princesa, sério?

— Ué, e você queria que fosse o quê?

Os dois riram. Mais tarde, depois de muitas risadas e de matar a saudade de passar um tempo com a amiga, como há muito não fazia, Lucas deixou o restaurante. O que Amora lhe dissera sobre deixar alguém derrubar o muro ao seu redor ecoava em sua cabeça enquanto dirigia. Ele gostava de ficar ali dentro. Sentia-se seguro. Já fazia muito tempo desde que realmente conhecera alguém ou deixara que uma pessoa o conhecesse. Preferia andar naquele caminho conhecido e sem perigo, o do "não envolvimento". Aliás, mesmo que quisesse, nenhum homem com quem saíra nos últimos anos lhe despertara o mínimo de interesse além do sexual.

Mergulhado nessas reflexões, Lucas decidiu fazer um pequeno desvio no trajeto e tomou um caminho bastante familiar com o carro. Olhou o relógio do painel e viu que ainda tinha um tempo até seu próximo atendimento, então entrou à esquerda na próxima rua e acelerou.

Faria mais uma parada antes de voltar ao consultório.

Gabriel

Gabriel tirou o avental depois de mais um dia de trabalho. Dirigiu-se para uma salinha no fundo do café onde se trocava antes de sair. Ali, pegou suas roupas na mochila e, antes de vesti-las, tirou o uniforme.

Despediu-se dos colegas que ficavam enquanto passava pelo balcão perto da entrada. Ao sair pela porta de vidro, estacou na calçada. Mateus estava parado perto de um poste, acenando para ele.

— Oi — disse Gabriel, voltando a movimentar-se depois de assimilar a cena e aproximar-se do rapaz. Dois dias haviam se passado desde o encontro no parque. Era a primeira vez que se viam pessoalmente desde então.

Mateus deu dois passos à frente e cumprimentou-o com um abraço e um beijo no rosto, tão próximo aos lábios que Gabriel ficou confuso por um segundo.

— O que está fazendo aqui? — perguntou. — Quer dizer, como você...?

— Eu falei com a Mel — interrompeu Mateus, colocando as mãos no bolso e desviando o olhar, um pouco envergonhado. — Ela me deu as informações de que eu precisava pra chegar aqui. — Ele fez uma pausa, encarando Gabriel e tomando um pouco de coragem. Como não houve resposta, acrescentou: — Espero que não tenha problema, eu...

— Não! — interpôs Gabriel, com um sorriso. — É claro que não. Só fiquei surpreso, mas de um jeito bom.

— Tá a fim de comer alguma coisa no shopping? — convidou Mateus, pegando o celular do bolso para checar o horário. — São 20h, acho que tem alguma coisa aberta ainda.

— Até que você já tá bem familiarizado com a cidade — brincou Gabriel. — Desse jeito, não vai precisar de mim para te mostrar os lugares.

— Talvez eu precise pra outras coisas.

Mateus deu mais um passo na direção de Gabriel e segurou sua mão. Com o braço livre, enlaçou-o pela cintura antes de colar seu corpo no dele e puxá-lo para um beijo. Gabriel retribuiu, segurando Mateus pela nuca enquanto suas línguas se entrelaçavam.

✗ ✗ ✗

Quando Gabriel chegou em casa naquela noite, passavam das 23h. Imaginou que fosse encontrar a avó já dormindo, mas Gertrudes estava na sala assistindo à televisão.

— Ah, aí está ele — disse ela. — Achei que não fosse mais voltar pra casa. — Ela o encarava com um olhar questionador, os olhos estreitos como se quisesse ler a mente do neto, e ria.

— Desculpa, eu me esqueci de avisar — explicou Gabriel. — Acabei me distraindo e não vi o tempo passar.

— Estava com quem? Era algum rapaz? — Dona Gertrudes semicerrou os olhos com um meio sorriso de lado. O silêncio de Gabriel, somado às suas bochechas vermelhas, foi a resposta. — Pode me contar, anda!

— Não é nada de mais, vó — respondeu, sentando-se no sofá ao lado dela. — A gente saiu pela segunda vez hoje. Ele é de Salvador, vai embora semana que vem.

— E o que tem? Aproveita esses dias com ele. — Ela franziu o cenho, lançando ao neto um olhar de desaprovação, como se ele estivesse falando algo muito estúpido, e finalizou com um sorriso encorajador.

Gabriel olhou para a avó. Às vezes, ela parecia mais jovem do que ele próprio. Ela estava certa, mas ele tinha medo de se envolver demais nessa brincadeira de aproveitar o tempo com Mateus. Sabia que não poderia dar certo. Mas, vendo por outro lado, o que Gertrudes dizia fazia sentido. O único problema era que ele se afeiçoava fácil demais. Entretanto...

— Você é jovem — continuou ela, interrompendo seus pensamentos. — Vai aproveitar a vida. Depois que você ficar velho, vai olhar pra trás e sorrir com as memórias.

Gabriel não respondeu, mas escutou o conselho. Virou-se para a TV quando a avó mudou de assunto:

— Agora deixa eu terminar de ver essa *Guerra dos Tronos*. Aquela mulher do cabelo branco vai chegar botando fogo em tudo, finalmente...

x x x

Era mais um sábado à noite. Gabriel saiu do trabalho e correu até sua casa para tomar um banho. Queria se arrumar antes de encontrar Mateus.

O passeio, a princípio, resumiu-se a um cinema. Mateus checou o horário no celular enquanto os dois saíam da sala, de mãos dadas.

— Eita! — exclamou. — Não sabia que o filme seria tão longo.

— Que horas são? — indagou Gabriel.

— Meia-noite e pouco.

— Ah, mas valeu a pena, vai.

— Claro que valeu. — Mateus puxou-o para mais perto, envolvendo-o num abraço de um braço só. Depois, pegou-o pela mão outra vez e disse: — Tá bem tarde pra gente voltar pra casa agora, não acha?

Gabriel o olhou de soslaio. Sabia aonde Mateus queria chegar, mas fingiu não entender.

— E pra onde a gente iria? — perguntou Gabriel, sorrindo maliciosamente.

Mateus tentou conter uma risada, mas acabou fazendo um barulho estranho com o nariz.

— Eu tenho uma ideia — respondeu.

O olhar de desejo de Gabriel foi toda a confirmação que Mateus esperava.

x x x

O quarto era aconchegante e silencioso. Além da grande cama no centro, havia um pequeno balcão perto da entrada e duas cadeiras. Mais ao fundo, um grande banheiro com uma hidromassagem convidativa.

Mateus mal bateu a porta atrás de si e prensou Gabriel contra a parede, beijando-o freneticamente enquanto suas mãos acariciavam o corpo dele. Gabriel puxou-o para mais perto, suas línguas se entrelaçando como seus corpos. Sentiu Mateus beijar seu pescoço e um arrepio desceu-lhe pela nuca, eriçando todos os seus pelos.

Não soube ao certo quem despiu quem. Só que suas roupas formaram uma trilha do chão até o pé da cama, onde os dois estavam, nus, beijando-se, tocando-se e acariciando-se de todas as formas.

Naquele quarto de hotel, Gabriel e Mateus se entrelaçaram e se conectaram. Faltavam poucos dias para Mateus voltar a Salvador, e Gabriel não soube dizer se o que fizeram naquela noite fora um erro ou algo bom.

Ele não queria ter que se despedir, mas era inevitável. Não podia estender o que quer que estivesse acontecendo entre eles. Mesmo que cada segundo ao lado do rapaz lhe fizesse sentir que algo mais forte pudesse surgir, ele tinha que ser racional. Por mais que quisesse ceder e deixar que as emoções — tão fortes em seu âmago — tomassem conta, Gabriel sabia que não podia. O tempo estava se esgotando, e os poucos momentos que tiveram juntos só ficariam em sua memória, pois logo teriam que partir cada um para seu lado.

Gabriel tentava bloquear qualquer sentimento que estivesse despontando dentro de si. Nas últimas horas que passaram juntos, ele só desejou que o dia demorasse a raiar, pois, quando ele chegasse, a partida também viria.

Lucas

Lucas estacionou sem pensar muito no que fazia. Ele desceu do carro e aproximou-se do bar. Àquela hora, depois do almoço, o estabelecimento estava começando a esvaziar. Por isso, encontrou Felipe na recepção com uma aparência de quem estivera trabalhando incansavelmente, mas que naquele momento podia respirar um pouco mais aliviado.

Felipe sorriu e acenou quando viu Lucas se aproximando.

— Será que eu me perdi no tempo? — perguntou com uma expressão teatral de confusão no rosto. — Ou estou numa realidade paralela?

— Qual foi? — rebateu Lucas, de modo simpático, apoiando-se no balcão, sem tirar os olhos de Felipe. — Por acaso eu sou algum tipo de vampiro que só aparece à noite?

— Olha, eu estava mesmo começando a pensar algo do tipo. — Felipe ajeitou-se na cadeira próxima ao computador à sua frente enquanto encarava Lucas. — Veio para almoçar?

— Não. Eu acabei de comer. — Como não houve resposta além do olhar incessante de Felipe, Lucas acrescentou: — Preciso voltar para o consultório logo mais. Só quis dar uma passada aqui antes...

— Consultório? — Felipe arqueou uma sobrancelha. — Então estou falando com um doutor?

Lucas riu, encabulado. Ao sentir um pequeno frio na barriga começar a surgir, pigarreou discretamente, tentando disfarçar. Ajeitou um pouco a postura, voltando a tomar o controle da situação. Era ele quem mandava nos sentimentos, e não o contrário.

— Psicólogo — disse. Para não dar a chance de Felipe fazer algum comentário, emendou: — Sobre aquele jantar que comentou...

Felipe fitava-o com uma expressão de contentamento. Sorriu, mas não com os lábios, e sim com o brilho de seus olhos azuis.

— A gente pode dar um jeito nisso, né? O que me diz sobre sexta à noite? Está livre? — perguntou Lucas.

Felipe pareceu realmente lamentar quando respondeu, fazendo uma careta de descontentamento:

— Eu vou trabalhar na sexta. Virar a noite aqui. — Seu olhar era de pesar. — Mas, por sorte... ou não, não sei, esse sábado é um dos que eu folgo. Se você quiser...

Lucas tirou o celular do bolso e o entregou a Felipe antes mesmo de ele terminar a frase.

— Coloque seu número aqui — disse.

Felipe rapidamente fez o que ele lhe pedira; Lucas sorriu e deu uma piscada quando pegou o aparelho de volta. Ele virou-se para sair do bar, não sem antes confirmar:

— Sábado à noite.

Felipe ficou olhando-o até ele entrar no carro e desaparecer.

x x x

— Eu estou me sentindo numa guerra.

Pedro estava outra vez diante de Lucas no consultório. O adolescente — antes tão reservado — agora conversava com o psicólogo com mais liberdade, como se tivesse se soltado das amarras que o impediam de se expressar. Isso refletia no modo como estava sentado no sofá, com as pernas abertas e um olhar raivoso no rosto. Mas não raiva do homem à sua frente.

— Eles me atacam o tempo todo! — exclamou, olhando fixamente para algumas revistas que ficavam na mesa entre ele e Lucas, mas sem de fato prestar atenção nelas. — Meu pai é capaz de lançar chamas pelos olhos quando me encara, e a minha mãe... — Pedro hesitou, e então levantou a cabeça. Lucas sustentou seu olhar, apenas ouvindo-o. — Ela disse que preferia me ver morto.

Lucas perdeu-se por um instante nos olhos do adolescente à sua frente. Ficou mirando-os, mas sua mente, num único segundo, escapou de seu corpo e viajou para longe dali, para um período obscuro que guardava fundo no inconsciente. Para uma adolescência conturbada de um passado tão familiar, mas que ao mesmo tempo parecia pertencer a outra pessoa. Ele podia enxergar a si mesmo ali nas palavras de Pedro, que soavam de algum lugar distante...

— Morto! — O grito indignado de Pedro puxou-o de volta de supetão, e Lucas piscou, focando o garoto com rosto contorcido à sua frente. — Você tem noção disso? Ela disse que...

Pedro perdeu a voz e urrou de raiva, acertando um soco no braço do sofá.

— Eu sei quanto isso é pesado para você. — Lucas falou pela primeira vez desde o começo da sessão. Ajeitou-se na sua poltrona e continuou: — Acredite, consigo sentir tudo que você está sentindo agora. Raiva, frustração, tristeza.

Pedro encarava-o com os olhos vermelhos, a ponto de estourarem em lágrimas.

— Mas olhe para trás agora — continuou o psicólogo. — Você se lembra da primeira vez que veio conversar comigo? — Pedro assentiu, sem dizer nada. — Então, aquele Pedro já ficou no passado.

Ele demorou muito para começar a se abrir, mas logo começou a dar os primeiros passos.

Pedro fungou, recuperando-se um pouco do ódio que sentia ao lembrar-se da discussão que teve com os pais.

— Aquele Pedro, o que mal queria me ver na sua frente, contou para mim que é gay. — Lucas fez uma pausa, durante a qual a afirmação pairou no ar. O som abafado da vida em São Paulo entrou pelo vidro da janela quando um carro buzinou ao longe lá embaixo. — Ele, sozinho, tomou coragem para se assumir para os pais extremamente tradicionais. E agora essa é só mais uma prova pela qual ele vai passar.

Pedro passou as mãos pelos olhos, limpando lágrimas tímidas que escorreram pelo rosto. Lucas continuou:

— Lembra-se do que eu disse na última vez que esteve aqui?

— Que eu precisava encontrar uma força dentro de mim para me manter de pé. — O adolescente assentiu com um aceno de cabeça.

Lucas repetiu o gesto, em concordância.

— Vejo que você já a encontrou. E se você passou por tudo isso para chegar até aqui...

— Eu consigo aguentar essa também — finalizou Pedro, abrindo um sorriso.

Lucas recostou-se na poltrona, feliz com a determinação no rosto do garoto. Estava feliz por vê-lo tornar-se um pouco mais seguro de si, sabendo que tinha dentro dele mesmo a força necessária para enfrentar o mundo, caso fosse preciso.

Sorriu e foi envolvido por suas próprias lembranças.

✗ ✗ ✗

Lucas deslizou a mão no espelho embaçado e encarou a própria imagem. Os cabelos caíam sobre a testa e cobriam parcialmente sua visão. Ele verificava o corpo nu como se para certificar-se de que estava tudo em ordem.

Felipe chegaria em mais ou menos meia hora, e Lucas queria impressionar, como sempre fazia. Ele gostava da sensação que aquilo lhe causava, de sentir-se desejado, de estar no centro das atenções, de ter alguém ansiando para tê-lo, para tocá-lo.

Estava terminando de secar o cabelo e modelar os cachos com as mãos, já vestido com um short e uma camiseta, quando o interfone tocou. Depois de ouvir o porteiro anunciar a chegada de Felipe, Lucas liberou a entrada dele.

— Então é esse o castelo do príncipe — disse Felipe enquanto entrava na sala, observando a decoração do apartamento. Ele trazia nas mãos um engradado com garrafas de vidro azuis, que entregou a Lucas.

— É aqui onde o príncipe seduz suas vítimas — brincou Lucas, com um pouco de deboche na voz. Pegou o engradado das mãos de Felipe, roçando propositalmente os dedos nos dele, e guardou as garrafas na geladeira da cozinha, separada da sala apenas por um balcão. Virou-se novamente para Felipe, que o encarava de pé do outro lado, e contornou a barreira que os separava, aproximando-se dele enquanto mergulhava no azul de seus olhos a cada passo que dava.

Felipe permaneceu em silêncio, e Lucas ficou a apenas um centímetro de distância. Conseguia sentir o calor e o perfume de Felipe. Deixando-se levar pelo momento, aproximou o rosto ainda mais do dele, encaixando as mãos na sua cintura. Encarando a boca de Lucas, Felipe abriu um sorriso, mas logo perdeu-a de vista quando seus lábios se tocaram num beijo quente e cheio de desejo.

Lucas apertou o corpo de Felipe contra o seu, sentindo as mãos dele apertarem sua nuca mais forte conforme o beijo aumentava de intensidade. Suas mãos percorreram as costas de Felipe, depois voltaram para a cintura e então pararam dentro dos bolsos traseiros da calça jeans dele.

Ao se afastar lentamente, Felipe transformou o beijo em uma mordida no lábio inferior de Lucas, ainda com os braços ao redor dele.

— Você é rápido — disse Felipe.

— Sou prático — enfatizou Lucas, apertando as mãos dentro do bolso dele e sorrindo maliciosamente. — É diferente.

— Eu gosto de praticidade. — Felipe levou uma mão ao queixo de Lucas, segurando sua cabeça de modo que não tirasse os olhos dele, e puxou-o para si, fazendo suas línguas se entrelaçarem novamente.

Lucas desceu as mãos por trás das pernas de Felipe e puxou-as para cima, segurando-o no alto por alguns instantes antes de colocá-lo sentado no balcão que separava a cozinha da sala. Tirou ali mesmo a camisa dele e jogou-a no chão. Felipe segurava Lucas por trás da cabeça enquanto sentia seus lábios quentes descendo-lhe pelo rosto, passando pelo queixo, explorando o pescoço e começando a se perder em seu peitoral.

As bebidas na geladeira teriam bastante tempo para gelar até que os dois se lembrassem delas.

✖ ✖ ✖

Só foram se lembrar das bebidas mais tarde. Estavam deitados no chão da sala em meio a alguns edredons, assistindo a algum filme na Netflix e tomando um gole ou outro da bebida alcoólica adocicada. Suas roupas estavam espalhadas por todo o apartamento, e seria preciso sair caçando cada peça até que pudessem se vestir novamente.

Felipe ria de alguma coisa engraçada no filme enquanto Lucas tomava outro gole. A bebida desceu pesada pela garganta. Talvez fosse porque o muro à sua volta estivesse fazendo seu trabalho e mantendo qualquer tipo de ameaça do outro lado. Geralmente, a essa hora, os caras com quem transava já estavam saindo ou então sendo expulsos de sua casa — e não esperando a pizza chegar enquanto bebiam e assistiam à televisão.

Lucas tinha um ritual. Ele via um cara, gostava e conseguia tirar sua roupa quase como mágica. Ele era bom nisso, assim como era bom em sua profissão. Tinha orgulho dessa habilidade, de separar bem sua vida como psicólogo durante o dia da que levava durante a noite e aos fins de semana. Mantinha-se seguro dentro do muro e só saía para se satisfazer. Gostava de ter o controle da situação, assim não se surpreendia e nada poderia pegá-lo desprevenido. Era tudo uma questão de manter seu padrão e costumes.

— Lucas? — A voz de Felipe trouxe-o subitamente de volta ao apartamento iluminado somente pela luz da TV ligada, onde Adam Sandler e Jennifer Aniston entravam num iate. Ele encarou Felipe com a mão na perna dele. O toque era gostoso. — O interfone — continuou Felipe ao não ter uma resposta. E soltou um pequeno riso, encabulado.

O barulho do interfone reverberou pela sala, e só então Lucas saiu do transe e foi atender.

— Já estou descendo — disse antes de desligá-lo e começar a caçar as roupas pelo chão. Felipe o seguia com os olhos, admirando a visão do homem nu com um sorriso no rosto. — É a pizza. Vou pegar.

Pouco depois, terminaram de comer e de beber as garrafas que Felipe trouxera, dessa vez sentados no sofá da sala.

— Bom... — Felipe olhou a hora no celular e guardou-o no bolso de novo. — Acho que já vou indo. Está um pouco tarde e...

Lucas calou-o com um beijo de supetão. Estava curtindo a companhia mais do que o normal, e não queria terminar a noite. Ainda. Surpreso, Felipe retribuiu o gesto, segurando o rosto de Lucas com uma mão enquanto a outra descia pelo seu braço.

— Já, já você vai — murmurou Lucas entre os beijos e as respirações entrecortadas. Seus dedos invadiram a calça recém-colocada de Felipe, e ele suspirou enquanto se retorcia no sofá e abria um sorriso.

— Isso não é justo... — soltou.

Ver Felipe se render a ele outra vez deu a Lucas uma sensação de poder reconfortante. Era bom tê-lo ali enquanto o desejava. Entregue ao prazer em seus braços. Fazendo o que ele queria, dentro de seus limites. A satisfação percorrendo suas veias com a cena o fez agir com mais intensidade, e os suspiros dos dois espalharam-se pelo ar mais rápidos e audíveis...

Foi somente meia hora mais tarde, depois de tudo acabado e de terem recolhido as roupas do chão outra vez, que Felipe se colocou de pé. Com a partida adiada um pouco e um sentimento de satisfação dominando-o, Lucas estava pronto e até mesmo queria que a noite terminasse logo.

— Agora você pode ir — disse Lucas, piscando o olho, num tom de brincadeira.

Quando o Uber de Felipe chegou, e ele finalmente se foi, Lucas absorveu o momento de solidão, como tantos outros ali naquele mesmo lugar. Havia mais de dez milhões de moradores na cidade de São Paulo, centenas deles no seu próprio prédio, milhares espalhados pelas ruas e pelos bairros próximos, mas ele estava sozinho, de novo. E preferia assim: estar cercado pelo seu muro. Seguro.

Protegido.

Gabriel

O inevitável aconteceu. Embora soubesse desde o começo que aquele momento chegaria, Gabriel lamentava. Era frustrante. Às vezes, ele odiava a si mesmo por se apegar tão fácil às pessoas e às situações, pois aquilo o deixava vulnerável a sentimentos como a desesperança no amor e a infeliz aceitação de que iria ficar sozinho pelo resto da vida. Rejeitado, como já acontecera. Por mais que tentasse fugir da rejeição, ela voltava para assombrá-lo de vez em quando.

— Pelo amor de Deus, Gabriel! — exclamou Luana enquanto saía da sala de aula com ele. — Você ficou a aula inteira olhando o celular. Já faz dias desde que vocês se falaram pela última vez. Não vai me dizer que ainda tá esper...?

— Eu sei, eu sei. — Gabriel soltou um suspiro e guardou o celular no bolso depois de checar as mensagens mais uma vez. — Eu sei que tô errado de ficar esperando alguma coisa, mas...

— Mas nada. — Luana interrompeu-o. Ela o puxou pelo braço para um canto do corredor, por onde alunos iam e vinham de todos os lados. — Olha, vocês moram longe. Eu sei que você é um amor com as pessoas, mas nem todos são como você. Talvez o Mateus não esteja na mesma página que você.

— Ele nem me responde direito mais — lamentou Gabriel, com um olhar pesaroso. — Por que as pessoas sempre me expulsam da vida delas de um jeito ou de outro?

Luana encarou-o com empatia, e deu-lhe um abraço demorado em seguida. Ela acreditava muito na troca de energias que aquele gesto trazia, por isso, talvez, Gabriel tenha se sentido um pouco melhor, e as lembranças de um trauma do passado que tentavam lhe atormentar fugiram de sua mente, deixando somente o sofrimento de ter perdido uma chance com Mateus.

— Já, já você esquece ele — disse Luana, soltando-o. — Ele foi embora já tem dias, e você não pode ficar preso a algo que... Desculpe a sinceridade, mas que nunca vai acontecer. O Mateus foi pra Salvador e você ficou aqui. Bora viver a vida. Bora jogar pro universo pensamentos de abundância e alegria que logo você terá tudo que quer.

— É disso que eu gosto. — Melissa surgiu da sala de aula com seus belos cachos escuros e hidratados. — Alguém disse "viver a vida"?

Alan apareceu logo atrás de Melissa, sorrindo de orelha a orelha, como sempre fazia. Seus olhos pousaram em Gabriel, e ele colocou a mão em um dos ombros dele.

— Vamos dar uma passada no bar? — convidou.

— Com ou sem vocês, eu vou. — Melissa riu. — E sabe quem vai estar lá, Luana?

A garota cutucou a amiga com o cotovelo, provocando-a.

— É claro que eu sei. — Luana balançou o celular no alto, indicando que estivera trocando mensagens com alguém. — Juliana acabou de me chamar também.

— Então vamos perder a linha hoje! — exclamou Alan, puxando Gabriel pelo ombro para acompanhar as garotas, que já estavam andando. — E o senhor... Seja lá o que te deixou pra baixo, vai esquecer isso e se divertir com a gente.

Gabriel suspirou. Apesar do jeito expansivo de Alan o irritar às vezes, ele tinha razão. Gabriel sorriu, achando graça e se animando com o sorriso dele. Precisava esquecer, se divertir e seguir em frente. Afinal, não era a primeira vez que aquilo acontecia. Ele já devia estar acostumado com as pessoas saindo de sua vida.

Ou melhor, tirando-o da vida delas.

✖ ✖ ✖

O bar era muito mais que um simples "boteco", como Melissa sempre o descrevia. Já tinha se tornado o ponto de encontro dos amigos em praticamente todas as sextas. O local tinha uma decoração rústica que lembrava bares irlandeses. Apesar de as paredes revestidas de madeira criarem um clima obscuro, os lustres no teto adicionavam uma iluminação esverdeada. Ainda tinha um segundo andar com um camarote que possibilitava uma vista panorâmica do piso inferior. Embora estivesse praticamente vazio naquele momento, no centro do espaço havia um palco, onde, aos fins de semana, um DJ tocava as músicas mais pedidas a noite toda. Entretanto, por ainda ser cedo, as canções saíam de caixas de som instaladas em vários cantos. A voz de Rihanna cantando *Only Girl* reverberava pelo ar, mas somente duas garotas dançavam juntas.

Apesar do clima propício de balada, Gabriel não se sentia nem um pouco animado. Foi sentado a uma das mesas sob um dos lustres que tomou mais um gole de cerveja e bateu a caneca de vidro na superfície dura. Ele nem gostava tanto assim de cerveja, mas bebia para tentar limpar a amargura que o corroía por dentro. Já tinha até perdido as contas de quantas tomara desde que se sentara ali.

— A gente nem se conhecia há tanto tempo assim mesmo. — Ele deu de ombros e olhou para Alan, sentado ao seu lado. Apoiou-se na mesa e apontou para Melissa, à sua frente. — Isso é culpa sua.

— Ih... — Melissa levantou os braços, como que dizendo que era inocente de qualquer acusação. — Nem vem, meu amor. Você que precisa aprender a aproveitar mais a vida. — Ela tomou um gole de bebida, algo feito de frutas vermelhas, enquanto olhava para um ponto atrás do ombro de Alan, ao fundo. Pousou o copo novamente antes de continuar: — Curtir mais sem se apegar tanto.

— Eu sei — bufou Gabriel, apoiando a testa na mesa com os braços caídos ao lado do corpo. Alan apenas observava com um sorriso. — Mas não consigo. Eu queria parar de ser tão trouxa.

— Ou então você podia ser mais observador — disse Alan. Gabriel levantou a cabeça e o encarou com o cenho franzido, tentando entender o que ele havia dito. — Eu acho que você tá procurando longe demais. Esse cara aí já foi, Gabs. — Ele gesticulou com a mão, unindo os dedos e depois separando-os ao abri-los, imitando uma explosão. — Escafedeu-se. Ele tá lá na puta que pariu e você tá aqui. Já parou para pensar que pode ter algo muito melhor para você bem debaixo do seu nariz?

— Essa é minha deixa. — Melissa levantou com o copo na mão e despediu-se com uma piscada de olho. Eles a seguiram com o olhar e viram quando ela se aproximou de um rapaz no balcão, que esperava por ela com um sorriso no rosto.

— Como ela faz isso? — Gabriel apontou para a amiga, balançando a cabeça em sinal negativo. — Ela faz tudo parecer tão fácil.

— E talvez seja. — Alan encarava o rosto embriagado de Gabriel. Observava seus olhos semiabertos depois de tanto álcool ingerido. — Só precisamos fazer algo para ser.

— Olha lá aquelas duas. — Gabriel agora apontava para outro lado do bar, logo após o palco, ao virar mais um gole de cerveja.

Alan virou-se e viu Luana e Juliana conversando muito próximas uma da outra, em um canto onde a luz verde mal chegava. Levou menos de um segundo para as duas se colarem num beijo.

Alan riu.

— Finalmente a Xena e a Gabrielle se beijaram.

A mente de Gabriel estava lenta e ele não entendeu a piada. Sentiu o estômago revirar e o mundo desacelerar. Talvez por isso não teve reação quando Alan pousou a mão sobre a sua. Como se ele se movesse em câmera lenta, viu os lábios do amigo mexerem, dizendo alguma coisa enquanto chegava mais perto de seu rosto.

Foi quando aconteceu. Seu estômago devolveu toda a bebida para fora de uma única vez, sujando toda a mesa de vômito. Alan colocou-se de pé por reflexo e saiu ileso por pouco.

— Desculpa, eu... — Gabriel começou a dizer sentindo o bar girar ao seu redor. Alan parecia estar em todos os lados ao mesmo tempo. Gabriel mal conseguiu terminar a frase quando regurgitou mais uma vez.

Alan, sorridente, observava com uma expressão indecifrável.

— Acho que vai sobrar para mim... — disse.

✗ ✗ ✗

Alan pegou a chave no bolso de Gabriel e abriu o portão. Ele estava praticamente sendo carregado pelo rapaz de cabelo ruivo. Quando entraram na residência, Gertrudes veio da cozinha com seu sorriso contagiante e um pano de prato na mão.

— Alan! — Ficou surpresa ao ver o neto apoiado nele, e trocou o sorriso por uma expressão preocupada. — O que aconteceu?

— Tá tudo bem, dona Gertrudes — respondeu Alan, ao mesmo tempo que Gabriel resmungava alguma coisa ininteligível. — Ele só bebeu um pouquinho além da conta.

— Não vai me dizer que ainda é por causa daquele menino de Salvador? — Gertrudes balançava a cabeça de um lado para o outro. — Gabriel, meu filho, você precisa parar de ser assim.

Alan deu de ombros com uma expressão divertida no rosto enquanto levava o amigo para o quarto, seguido por Gertrudes.

— Eu posso cuidar dele — disse, ao abrir a porta dormitório.

— Ah, por favor. Eu já não tenho mais idade pra essas coisas, não. — Gertrudes voltou para a cozinha enquanto Alan adentrava o cômodo e colocava lentamente Gabriel na cama. Com o máximo de cuidado, tirou seus sapatos e suas meias, ajeitando-o no colchão.

— Você é um cara legal, Alan — balbuciou Gabriel, com os olhos fechados, já caindo na inconsciência. Ele segurou a mão de Alan e apertou-a contra o peito. — Obrigado, amigo.

Alan suspirou, soltando o ar longamente, e só então deu uns tapinhas de leve no peito de Gabriel. Na verdade, queria ser muito mais que um simples amigo. O que ele não faria por aquele belo rapaz?

— É, eu sou mesmo... — murmurou antes de levantar-se e sair, apagando a luz para deixar Gabriel mais confortável.

Lucas

A avenida estava fechada para os carros, mas apinhada de pessoas. Tanto que Lucas teve dificuldade em ver Amora esperando-o na saída da estação Trianon-MASP.

— Amora! — chamou Lucas ao aproximar-se dela com o celular na mão. Ela sorriu ao vê-lo e cumprimentou-o com um abraço e um beijo.

— Me lembre de por que eu ainda deixo você me chamar assim... — disse ela, dando um tapa leve no ombro de Lucas.

— No fundo eu sei que você gosta. — Ele sorriu, começando a observar a concentração de pessoas na avenida Paulista, principalmente no vão do MASP, a parte debaixo do museu, onde as multidões costumavam se reunir para iniciar protestos políticos.
— Cadê ela? — perguntou.

— Não vem — respondeu Amora, referindo-se à esposa. — Ainda não voltou de viagem. — Ela deu de ombros. — Vem, já estão começando.

Os dois juntaram-se à aglomeração quando uma mulher subiu na mureta da calçada para ficar em evidência. Ela carregava um microfone e começou a falar às pessoas ao redor:

— Hoje nós estamos reunidos aqui porque querem acabar com nossas conquistas. — A multidão agitou-se, concordando. — Só o fato de nós, LGBTs, existirmos já é um incômodo para aqueles que sempre gostaram de nos reprimir. Imaginem o ódio que eles sentem quando percebem que não estamos e nunca mais ficaremos calados, à mercê de suas vontades retrógadas.

As pessoas começaram a levantar cartazes com dizeres como: "Nenhum direito a menos!", "Não vamos voltar para o armário", "Abaixo o retrocesso!", "Nós somos, sim, uma família", "Fora com o seu ódio!". Outras filmavam com seus celulares enquanto Lucas e Amora ouviam atentamente a condutora da manifestação. O motivo do protesto era bater de frente com uma proposta de lei em tramitação que visava não reconhecer o casamento entre pessoas do mesmo sexo como uma união. Segundo o deputado que a propôs, o ato ia contra os valores da "verdadeira família". Além disso, queriam reconsiderar a lei anti-homofobia e limitar as situações que se enquadravam no crime.

— Foi preciso muita luta e muito esforço para conseguirmos o mínimo de direitos. — A mulher ficou quieta, e foi como se os ouvintes prendessem a respiração, esperando. Por um momento, somente o som das pessoas se mexendo de vez em quando e de alguns carros passando pôde ser ouvido. Durante o breve instante de silêncio, Lucas olhou ao redor, vendo a pluralidade de pessoas ali. Todas unidas com um objetivo em comum: poder viver em paz, sendo quem eram, sem terem que ficar olhando por trás dos ombros, com medo da perseguição, do ódio e da intolerância; de entrelaçar as mãos ao caminharem pelas ruas ou de deixar que seu amor brilhasse.

O rapaz evitava pensar no seu passado, mas podia se lembrar perfeitamente da sensação ao começar a viver entre pessoas como ele. Era como se um universo inteiro tivesse se aberto diante de seus olhos. E agora queriam destruí-lo ao revogar uma pequena conquista ganha na batalha contra o retrocesso. Sua luta era apenas a ponta do iceberg, e não podia deixar que os derrotassem tão facilmente assim. Não podiam deixar que aqueles que anteriormente lutaram, resistiram — e até mesmo aqueles que partiram por isso — tivessem batalhado em vão.

— ... Para conseguirmos legalizar nosso casamento com quem amamos, independentemente de quem essa pessoa seja. — A voz da mulher voltou alta através do microfone, tirando Lucas de seus devaneios. — E agora querem nos tirar essa conquista!

O grupo gritou em uníssono, concordando e dando forças para ela. Sua expressão era séria e destemida. Lucas e Amora gritaram juntos.

— Não achei que você se importasse tanto com casamento, Lucas — comentou Amora, aproximando-se do ouvido dele para fazer-se ouvir em meio ao barulho.

— Não é porque não quero me casar que vou deixar um babaca arrancar o direito de quem quer — respondeu ele, evitando o olhar de Amora, que sorriu, fitando o amigo.

Ela ficou em silêncio, mas não pôde deixar de notar que um pouco do antigo Lucas — aquele que há muito não reconhecia no homem à sua frente — estava começando a despontar outra vez.

✗ ✗ ✗

A primeira paciente daquela tarde tinha deixado o consultório, e Lucas colocou a pasta com seus dados sobre a mesa. Consultou com a recepcionista o horário de seu próximo atendimento e suspirou aliviado ao ver que tinha meia hora de descanso.

O pensamento pareceu enviar o sinal ao celular, que vibrou com a chegada de uma mensagem. Lucas viu a notificação, mas não se mexeu. Por um instante, ficou sem reação. Não sabia ao certo o que sentia ao ver o nome de Felipe.

Oi, vizinho.

A noite com Felipe veio à sua cabeça de repente. Cada detalhe passou pelo seu cérebro, como dados na memória de um computador. Balançando a cabeça para espantá-los, Lucas virou a tela do celular para baixo e resolveu ignorar a mensagem. Por fim, acabou desistindo do descanso de meia hora e pegou a pasta do próximo paciente para reler as anotações antes que ele chegasse para a consulta.

Pedro adentrou o consultório pontualmente às 15h30. Sentado na poltrona à frente de Lucas, com apenas uma mesinha de centro separando os dois, ele parecia à vontade.

— Sobre o que quer falar hoje? — perguntou Lucas.

— Não era você quem devia conduzir a conversa? — Pedro riu com a própria pergunta.

— Como estão as coisas com sua mãe? — Lucas encarava-o, recostado no assento, com suas anotações sobre o colo.

Pedro fez que não com a cabeça.

— Não quero falar sobre isso hoje — respondeu.

Lucas continuou sustentando seu olhar, esperando que Pedro continuasse. Como que pressionado pelo gesto, Pedro continuou:

— Eu estou num grupo no Facebook, e lá as pessoas falam de tudo.

Fez uma pausa. Lucas apenas assentiu, incentivando-o.

— Lá tem muitos... — Ele hesitou um pouco, como que pensando na palavra certa. — Tem muita gente como eu... Gays. Acontece que eu só vejo como eles estão desanimados em encontrar alguém. A maioria lá só teve decepções amorosas e não tem esperanças de dar certo com alguém.

— E isso te preocupa? — indagou Lucas.

— Eu... — Pedro não conseguia responder. Entrelaçou as mãos e apertou os dedos, pensando. — Minha mãe me falou que nós somos destinados a sofrer. Nós, homossexuais.

— E você acredita nisso? — Lucas tomou nota. Levantou o olhar para o menino que estava à sua frente. Uma lembrança antiga perpassou sua mente e logo depois sumiu. — Que está destinado a sofrer?

— Não, mas... — Pedro refletiu, o olhar percorrendo a sala enquanto escolhia como se expressar. — Está todo mundo tão sem esperança no mundo LGBT que eu fico com medo.

— E para não sofrer é necessário ter outra pessoa?

Pedro fixou o olhar na mesinha de centro. Os ponteiros tiquetaqueavam no relógio da parede, e carros passavam na rua.

— O que acontece muito é que as pessoas criam expectativas altas demais — explicou Lucas, fazendo anotações. — Estão todas desesperadas procurando algo que não existe e acabam se perdendo. Mas, para se acharem de novo, basta se acalmarem e olharem ao redor. Assim vão descobrir que é preciso viver com calma, apreciando cada momento. Se toda essa galera aí no grupo que você falou fizesse isso... Se todos parassem para olhar, ninguém mais ficaria perdido.

— Se esses que reclamam tanto de não ter gente decente olhassem um pro outro, veriam que tem — complementou Pedro.

— Tudo é um reflexo do que elas mesmas têm a oferecer. — Lucas não pôde evitar de pensar em si com tal afirmação. Quase soltou um riso, mas se segurou. Por manter os próprios sentimentos bem trancados por dentro, ele mesmo não tinha muito o que oferecer a outras pessoas a não ser algo supérfluo e passageiro. Preferia assim. — Mas, para enxergarem isso no outro, precisam enxergar si mesmas antes.

Pedro assentiu, sentindo-se um pouco melhor.

— Primeiro fique bem com você mesmo — aconselhou Lucas.
— E o resto virá sem nem perceber.

Pedro deixou o consultório minutos depois da conversa terminar, mas Lucas continuou lá dentro sozinho por algum tempo. Queria ter seguido seus próprios conselhos na sua adolescência. Talvez muita coisa tivesse sido diferente. Pedro ainda era novo e tinha muito pelo que passar, mas Lucas sentia que, para ele, as coisas não eram tão simples como pareciam.

Pegou o celular e viu a mensagem de Felipe. Por um momento, cogitou responder, mas desistiu e guardou o aparelho no bolso. Dar conselhos era muito mais fácil do que segui-los.

✗ ✗ ✗

Lucas saiu de sua última consulta do dia sentindo-se muito cansado. Dirigiu até seu apartamento e demorou-se nele o suficiente para jantar e tomar um banho antes de sair e começar a dirigir outra vez. Pensou em ir ao bar para beber e relaxar, mas a ideia de ver Felipe lá afastou o pensamento de sua mente.

Ainda não tinha respondido à mensagem. Ele evitava pensar nisso, mas, se lhe perguntassem o motivo, não saberia responder. Ou, melhor, tinha medo de descobrir. Por isso, ao invés de pegar a rua que o levaria até o bar, seguiu em frente por um novo caminho.

Não era a primeira vez que ia ali, mas já fazia algum tempo desde que o visitara pela última vez. Estacionou do outro lado do prédio, cuja entrada era apenas uma porta pequena com um segurança de terno guardando-a.

Ao aproximar-se, Lucas entregou-lhe o documento. O segurança devolveu-lhe sem nem olhar direito a identidade de Lucas.

— Pode subir. — Ele acenou com a cabeça na direção da porta ao lado.

Lucas guardou o documento na carteira e subiu a escada estreita. A iluminação vinha de uma lâmpada vermelha no teto, que espalhava a cor por todos os lados. Ao atingir o topo, um rapaz aguardava atrás de um balcão. Ele entregou a Lucas uma toalha branca com um sorriso simpático, e Lucas seguiu pelo corredor, que se estendia além do balcão. Ali havia dois caminhos a seguir: uma porta de madeira com um pequeno vidro no centro — que revelava um cômodo banhado em luz azul — ou a entrada à sua direita, que foi por onde passou.

Estava no vestiário, onde havia alguns homens despindo-se e outros já com as toalhas brancas, como a que ele recebera, enroladas na cintura. Ele se aproximou de um armário vazio, guardou seus pertences ali dentro e começou a tirar a roupa também. Por fim, saiu somente com a toalha e seguiu em direção à outra porta. Um mundo azulado surgiu diante de seus olhos depois de entrar por ela e fechá-la atrás de si. A iluminação fraca permitia ver os cubículos, semelhantes a provadores de lojas de roupa, fechados com cortinas pretas, espalhados por todos os cantos. Uma música tocava através de caixas de som que não conseguia ver, mas ainda assim era possível ouvir os sussurros e os gemidos que vinham dos cubículos privativos.

Lucas sentia-se extasiado quando estava naquele lugar. Era uma válvula de escape. Podia se libertar. Não precisava se esforçar para manter seus demônios presos porque ali eles não queriam sair. Não havia o perigo do envolvimento, do surgimento de emoções que quebrassem a parede que construíra para se proteger. Era como se ele pudesse finalmente descansar e esquecer quem realmente era e o que tinha vivido. Não havia passado ou futuro, somente o presente e o prazer momentâneo.

O psicólogo observou o espaço à sua frente e viu a silhueta de rapazes andando de um lado para o outro. Pôde perceber, mesmo sob aquela luz azul fraca, os flertes através de olhares e de leves toques no corpo. Alguns já estavam aos beijos, outros seguiam para cubículos vazios, em pares, trios ou até mesmo em quartetos.

Lucas acompanhava com o olhar um grupo de rapazes entrando num dos cubículos quando sentiu alguém tocando seu ombro e virou-se.

— Oi. — À sua frente, um homem da sua altura, de cabelo escuro curto e com uma barba bem aparada da mesma cor o encarava com um sorriso malicioso no rosto bem delineado.

Lucas sorriu de volta e o segurou pela cintura, um pouco acima de onde a toalha estava amarrada. Não teve tempo de falar qualquer palavra e seus lábios logo se encontraram num beijo longo e frenético. O homem tocou o peito nu de Lucas e desceu as mãos suavemente pela sua barriga, despertando ainda mais desejo nos dois.

Estavam assim quando sentiram, ao mesmo tempo, um terceiro par de mãos tocar as costas dos dois. O terceiro rapaz aproximou-se deles, apoiando uma mão em cada e observando o beijo que trocavam. Como os dois não pararam, ele entendeu como um convite e aproximou o rosto. Logo, Lucas viu-se beijando duas bocas ao mesmo tempo, segurando a nuca dos dois para prendê-los naquele beijo triplo.

Não demorou muito para que os três encontrassem um cubículo desocupado. Lucas fechou a cortina enquanto os outros dois homens jogavam-se num banco de madeira já sem as toalhas, explorando o corpo um do outro de todas as maneiras possíveis. Abrindo um sorriso cheio de desejo, Lucas entrou no meio deles, sentindo toques, beijos, suor, respirações aceleradas e um prazer momentâneo que o fez se esquecer de sua vida solitária.

Durante aquela noite, não pensou um minuto sequer em Felipe ou em traumas passados.

Gabriel

Dona Gertrudes colocava um bolo recém-saído do forno sobre a mesa quando se virou para encarar o neto entrando na cozinha.

— Acordou, Bela Adormecida?

Gabriel podia jurar que fora atropelado por um caminhão. Sua cabeça girava, a boca estava seca e a língua, pesada.

— Seu amigo Alan gosta muito de você — continuou a avó enquanto Gabriel enchia um copo de água no filtro da pia e virava quase tudo numa golada só. Com isso, as lembranças começaram a vir à sua mente. Suspirou, dizendo a si mesmo que devia agradecer a Alan assim que se sentisse melhor.

Gertrudes começou a cortar o bolo em pedaços enquanto Gabriel sentava-se à mesa. A luz ali parecia três vezes mais brilhante, o que o fez cobrir os olhos com as mãos.

— Você precisa comer — disse ela. — E parar de se punir assim.

— Do que você tá falando, vó? — perguntou Gabriel, encarando a estampa floral da toalha de mesa.

— Ah, pelo amor de Deus, né? — retrucou Gertrudes. Ela sentou-se na cadeira ao lado e encarou o neto com seu olhar carinhoso. — Você bebeu demais porque está triste.

Gabriel somente escutava. Não respondeu, pois sabia que era verdade.

— Não se puna assim. — Gabriel sentiu a avó apoiar a mão em seu braço. Sua cabeça girava cada vez mais. Ela continuou: — Você tem pessoas maravilhosas ao seu redor. Não fique assim por causa de um romancezinho que não deu certo. Como é que eu vou morrer sabendo que você fica assim sofrendo por causa dos outros? Como vou te deixar sabendo que não vai ter ninguém para cuidar de você?

— Ai, vó! — exclamou Gabriel, tirando as mãos dos olhos e encarando Gertrudes. — Vira essa boca pra lá. Você não vai morrer. Vai viver por pelo menos mais cem anos.

Dona Gertrudes riu, balançando a cabeça negativamente.

— Você é a minha única família, vó — acrescentou ele, entrelaçando seus dedos nos dela. — Se não fosse por você, não sei o que teria sido de mim.

— Ai, para, menino. — Ela passou as costas da mão nos olhos, afastando as lágrimas que começavam a marejá-los. — Não vamos ficar emocionados agora. Vamos comer esse bolo. Chega de drama.

Os dois riram e se serviram. Gabriel só conseguiu sentir mais amor pela avó enquanto ria com ela. Logo, a dor de cabeça foi sumindo, e ele já começava a jogar Mateus para o fundo de suas lembranças.

✖ ✖ ✖

Gabriel considerava-se uma pessoa totalmente apegada e crente no amor. E ele odiava isso, embora não conseguisse mudar. Era o tipo de pessoa que esperava um dia viver um grande conto de fadas e encontrar o seu "felizes para sempre".

Mas suas experiências insistiam em dizer que o tão aguardado momento estava longe de acontecer. Quando realmente entendeu que era gay, na pré-adolescência, manteve segredo de todos, principalmente de seus pais. Eles eram muito conservadores e prezavam pelo status da família, e Gabriel tremia só de pensar na reação que teriam ao contar-lhes.

Passados alguns anos de sua autodescoberta, Gabriel percebeu o poder da internet e começou a conhecer outros garotos como ele. Foi então, no auge de seus quinze anos, que teve seu primeiro encontro, depois da aula, num parque praticamente deserto.

Nunca mais se esqueceu daquele primeiro beijo. Do nervosismo, das mãos suando, do coração querendo sair pela boca. Do toque. Ah, sentir o toque de outro garoto desejando-o. Dos lábios encostando-se, das faíscas que saíram quando as línguas se entrelaçaram.

Mas havia também o medo. O receio de que alguém estivesse observando-os, mesmo que estivessem escondidos atrás de uma árvore no interior do enorme parque. E se algum conhecido os visse ali e contasse para seus pais? No fim, a adrenalina contribuiu para que a experiência se tornasse única e inesquecível.

Gabriel ainda saiu escondido com Danilo outras vezes. Quando estavam juntos, sentia-se leve, como se seus pés mal tocassem o chão. Entendia o significado de estar nas nuvens. Subiu tão alto que realmente acreditou que era para sempre.

Por isso decidiu que devia se assumir. Ele sentia-se no topo do mundo. Estava forte e poderia enfrentar qualquer coisa para ficar com aquele que traria o seu final feliz.

Seus pais assistiam a um filme na sala naquela noite. Era fim de domingo, e Gabriel havia acabado de terminar sua lição de casa para o dia seguinte. Enviara uma mensagem a Danilo um pouco antes dizendo que estava pronto. Ele dissera que também iria contar aos pais naquele mesmo momento. Cada um em sua casa, assumindo-se simultaneamente.

— Mãe, pai... — chamou quando entrou na sala. Na televisão, a cena também era dramática. Os personagens do filme choravam por algo trágico que acabara de acontecer.

Calou-se.

— Que foi, Gabriel? — perguntou Walter, seu pai, quando o filho não continuou.

— Eu queria contar uma coisa para vocês. — Suas mãos suavam, como sempre acontecia quando ele ficava nervoso. Estava parado no arco que separava a sala da cozinha e quase desistiu quando viu Gabriela, sua mãe, ajeitar-se no sofá para olhá-lo.

— Que foi, filho? — repetiu ela.

— Eu... — Suas pernas tremiam, e o sangue parecia ter sumido de seu corpo, ou pelo menos era essa a sensação. Parecia que ia desmaiar a qualquer instante. Mas que droga! Por que era tão difícil?

O Danilo. Pensa no Danilo. Ele está fazendo a mesma coisa... Você não pode decepcioná-lo.

— Eu estou namorando — confessou por fim, com um suspiro, como se cuspisse as palavras entaladas na garganta.

A mãe gaguejou um pouco e piscou os olhos, mas logo abriu um sorriso.

— Gabs, isso é muito legal! Qual o nome dela?

O nó na garganta. Engoliu em seco, mas foi como se uma pedra tentasse descer por ela. Precisava contar a eles. Não podia recuar naquele momento.

— O nome... — hesitou. Seus pais olhavam-no com um sorriso no rosto, esperando ouvir qualquer nome: Jéssica, Priscila, Daniela, Jaqueline. Mas o que ouviram não os agradou nem um pouco.

— O nome dele é Danilo.

Os sorrisos dos dois desapareceram no mesmo instante. Seus semblantes foram desmanchando vagarosamente à medida que a compreensão tomava forma. Várias foram as expressões que Gabriel pensou ter visto neles: primeiro a confusão, depois a incredulidade e por fim o desapontamento.

    Walter levantou, respirando fundo, e então chutou a mesinha de centro num acesso de raiva. O móvel rolou pelo chão, rachando-se com o impacto. Gabriel se encolheu assustado enquanto Gabriela encarava a mesa quebrada com o olhar distante.

    — Eu não quero um filho viado! — exclamou Walter, de costas. Estava tão furioso que evitava contato visual. A ponta de seus dedos comprimiam-se contra a palma das mãos, fechadas num punho que tremia. — Saia da minha frente ou não sei o que sou capaz de fazer.

    Gabriel não conseguiu segurar as lágrimas. Lançou um olhar suplicante a sua mãe, mas não foi correspondido. Gabriela continuava olhando para a mesinha rachada no chão, em choque.

    — Mãe... — murmurou, num último pedido de ajuda. A voz trêmula e fraca denunciava os frangalhos nos quais seu emocional se transformava a cada segundo que passava.

    Ela moveu a cabeça e olhou para o filho com ódio. Não foi preciso uma única palavra para que ele entendesse. A mãe concordava totalmente com o pai, que tremia de raiva e apoiava-se na janela, numa tentativa de se controlar.

    A rejeição atingiu Gabriel como um tapa que refletiu em seu estado físico. A respiração veio com dificuldade, a cabeça pareceu pesar e o estômago revirou de medo. O jovem sentiu-se tão solitário e sem apoio que as pernas amoleceram, e ele quase perdeu o equilíbrio por um momento. A dor de não ter a compreensão das pessoas mais próximas dele causava-lhe uma queimação interna que encheu seus olhos de lágrimas até deixá-los pesados.

    Gabriel não esperou nem mais um momento sequer. Subiu correndo para o quarto e trancou-se nele. Jogou-se na cama, o corpo tremendo e as lágrimas rolando pelo rosto. Ao pegar o celular, viu a mensagem de Danilo.

Desculpa, não consegui contar. Eu não estou pronto, Gabriel. Não podemos continuar nos vendo. Desculpe.

Foi como se tivesse levado um soco no estômago. Sentiu-se traído. Enquanto ele estava lá, trancado, Danilo não teve coragem e recuou. Ouviu a voz dos pais no andar de baixo, mas não conseguiu entender o que diziam. Só conseguiu discernir o tom alterado dos dois.

Ainda com o celular na mão, Gabriel discou um número e esperou enquanto a ligação era completada. Não havia nem mesmo respondido à mensagem do namorado. Havia outra pessoa com quem precisava conversar naquela hora. Somente uma.

— Alô? — disse a pessoa do outro lado da linha ao atender.

— Vó, eu preciso da sua ajuda. — Sua voz não escondia o tom de choro.

× × ×

— Aonde você vai? — Gabriela perguntou ao filho ao vê-lo descendo as escadas arrastando uma pequena mala de rodinhas. Seus olhos estavam vermelhos e inchados de tanto chorar. Walter, que estava sentado no sofá, levantou. Seu cabelo estava desgrenhado, como se ele estivesse passando as mãos nele, preocupado.

Já que não me aceitam, não interessa, pensou Gabriel. Entretanto, filtrou as palavras antes de responder aos pais:

— Para a vó Gertrudes. — As palavras saíram secas, porém firmes.

— Você falou com a minha mãe? — questionou Gabriela, o cenho franzido.

Assentindo, Gabriel continuou indo em direção à porta.

— Já que vocês não querem um filho gay, não tem sentido ficarmos na mesma casa.

Ainda agarrado a um resquício de esperança, Gabriel hesitou antes de levar a mão à maçaneta. No fundo, queria que os pais o impedissem de fazer aquilo e dissessem que tinham agido de cabeça quente. Que estavam arrependidos e queriam que ele ficasse e se entendessem. Mas o que Walter disse a seguir terminou de destroçar os sentimentos de Gabriel:

— É melhor você ir mesmo. — Fez uma pausa. Cada palavra perfurou Gabriel por dentro como uma faca afiada. — Eu não tenho mais filho. O meu filho ou é homem ou está morto para mim.

Com um aperto na garganta e os olhos tão marejados que quase o impediam de ver claramente, Gabriel abriu a porta e saiu sem olhar para trás.

✗ ✗ ✗

Quinze minutos depois, ele descia do ônibus na rua da casa da avó. Ao chegar em frente ao portão dela, procurou nos bolsos a chave reserva que Gertrudes havia lhe dado alguns anos antes.

Minha casa sempre será sua casa também, Gertrudes havia dito na época.

Gabriel abriu o portão e atravessou o pequeno quintal repleto de vasos com plantas e flores. Ao entrar na sala, ouviu a avó conversando com alguém ao telefone. Ela não percebeu sua presença, pois estava no sofá, sentada de costas para ele. Gabriel parou no umbral e aguardou.

— Sim, Gabriela — disse ela, com a voz firme. — Ele me contou tudo. Vocês deviam ter vergonha de se chamarem de pais.

Silêncio. A mãe dizia algo do outro lado da linha.

— Eu lá quero saber o que a Bíblia diz?! — Gertrudes parecia alterada. — Ele é o seu filho, porra. Vocês não têm o direito de dizer como ele deve viver, e ele não tá fazendo mal pra ninguém.

É o menino mais bondoso que eu já vi na vida. Como vocês têm coragem de fazer isso com ele?

Um pequeno sorriso surgiu nos lábios de Gabriel. O carinho que sentia pela avó, que já era grande, fortaleceu-se ainda mais. O amor invadiu todo o seu corpo, e ele só queria abraçá-la e dizer o quanto a amava.

— Gabriela. — Sua voz era firme. — Não foi essa a filha que eu criei. Estou tão decepcionada...

Mais um instante de silêncio. Gabriel até conseguiu ouvir a voz da mãe ecoando pelo telefone.

— É isso mesmo que você quer? — esbravejou Gertrudes, gesticulando. — Você tem certeza? É pra escolher ou ele ou vocês dois?

Gabriel arregalou os olhos. Pelo que parecia, os pais estavam realmente decididos a não aceitá-lo.

— Eu escolho meu neto, então. Passar bem.

Ela bateu o telefone no gancho com força e só então virou-se, ofegando de emoção. Seus olhos encontraram os de Gabriel, e ele desmoronou. Largou a mala e correu para a avó. Ela levantou-se do sofá já com os braços abertos e acolheu-o entre eles.

Gabriel deixou-se desabar ali, recebendo todo o amor de Gertrudes. O mundo maldoso que havia lá fora simplesmente desapareceu com o abraço da avó. Ela passou as mãos por seus cabelos cacheados, e não foi preciso olhá-la para saber que ela chorava por ele, sentindo sua dor.

— Vai ficar tudo bem... — murmurou ela. — Você não está sozinho, querido. Eu tô aqui...

Gabriel soluçou, deixando que todo o temor e toda a mágoa fluíssem através do choro. Apertou a avó no abraço de que tanto precisava e não sabia.

Os dois permaneceram ali por muito tempo, alimentando-se do amor um do outro naquele gesto tão singelo.

× × ×

Gabriel não poderia mentir dizendo que não sentia falta dos pais. Apesar de ter sido rejeitado por eles, de vez em quando tinha saudade, mesmo tendo a avó ao seu lado desde que se assumira.

Ali, comendo bolo com ela e sofrendo de ressaca, relembrou os momentos que o fizeram ficar mais próximo da avó. Ela o acolhera e, por escolha de Gabriela, afastara-se da própria filha em apoio ao neto.

A idade não era desculpa para pensamentos conservadores. Gertrudes já estava perto dos oitenta anos e dera um show de sensatez. Esse era mais um dos motivos que faziam Gabriel amá-la.

— Vó, você não sente falta da minha mãe? — perguntou ele depois de colocar um pedaço de bolo no prato.

Gertrudes suspirou e encarou o neto, sorrindo de forma carinhosa. Era possível ver o pesar nos seus olhos.

— Eu não me arrependo nem por um segundo de tudo que fiz por você, meu filho. — Ela colocou uma mão sobre a dele na mesa. — E, sim, sinto falta da minha filha, mas a que eu pensei que conhecesse, não a que te tratou daquela maneira.

Depois da conversa pelo telefone no dia em que Gabriel saíra de casa, seus pais haviam conversado com Gertrudes e dito que eles aceitariam o filho de volta, com a condição de que ele mudasse.

— Para sua mãe, era mais fácil você mudar sua sexualidade do que ela e seu pai mudarem a atitude ridícula deles — continuou a avó. — Então, meu filho, em todas as vezes que a gente se falou depois disso, percebi que ela não te merece. Deus que me perdoe, ela é a sua mãe, mas você é especial demais para eles. Talvez um dia, quando e se eles mudarem, a gente volte a ter um relacionamento saudável.

Gabriel a olhava com os olhos marejados e um sorriso.

— Ai, vó. — Ele tocou o rosto de Gertrudes, num gesto carinhoso. — Eu queria ser essa pessoa especial que a senhora tanto vê em mim, mas obrigado. Você é um anjo na minha vida.

Apesar de ter Gertrudes, Gabriel sentia-se incompleto. Em seu inconsciente, talvez soubesse que a necessidade de sempre ter alguém ou de desesperadamente se apegar a qualquer rapaz que lhe desse bola era um jeito de suprir o buraco que seus pais haviam deixado em seu coração.

Ele gostaria muito de entender a mente humana. Queria entender e auxiliar outras pessoas, mas quando o assunto era compreender e ajudar si mesmo, as coisas tornavam-se um bicho de sete cabeças impossível de matar.

Gabriel sentia-se num mar profundo e não sabia como chegar à superfície, só conseguia afundar cada vez mais.

Lucas

Ele abriu os olhos lentamente. A claridade da manhã ensolarada de São Paulo invadia o quarto e batia em seu rosto. Rolou na cama antes de pegar o celular e olhar a hora. Suspirou aliviado, pois ainda tinha algumas horas antes de sua primeira sessão.

A cabeça doía, e ele mal se lembrava da noite anterior. Só o que veio à memória foi um bar, bebidas e mais um caso sem compromisso com um homem cujo nome nem conseguia recordar — ou não sabia. Vieram as imagens da sauna a que fora algumas semanas antes, quando terminara a noite numa cabine privativa com mais dois homens.

Com os olhos fechados, para evitar contato com a luz do sol, sorriu. Fazia-lhe bem dormir com pessoas diferentes. Sentia-se desejado e com o ego inflado. Antigamente ele repudiaria esse tipo de atitude, mas agora queria aquilo cada vez mais, para se manter com a mente no lugar e a salvo.

A imagem de Felipe pipocou em sua mente. Lucas não respondera à mensagem dele, e não passara mais no bar. Apesar de eles morarem perto um do outro, não haviam se cruzado na vizinhança. Não se viam desde o último jantar.

Sexo. Era só isso que queria com ele. Embora tivesse gostado bastante e sentisse vontade de vê-lo outra vez para uma segunda dose, Lucas não se permitiria, pois tinha uma regra: nada de segundo encontro. Com quem quer que fosse. Se rolasse, seria uma brecha para que o outro cara se sentisse mais apegado e começasse a ter algum tipo de esperança que Lucas não podia — e não queria — oferecer.

Sentia que Felipe estava procurando algo além de um simples envolvimento carnal. Conseguia enxergar isso, pois ele mesmo já fora a pessoa que se deixava levar pelas sensações. Já fora aquele que não tinha medo de se envolver e caía de cabeça no mar de sentimentos, somente para se afogar depois.

Mesmo que Felipe tivesse sido cauteloso e só tivesse mandado um "oi" depois da primeira vez dos dois, aquilo só mostrava que, no fundo, ele esperava ter algo a mais com Lucas.

E isso não iria acontecer. Ele não se permitiria. Não *podia* se permitir. Só de cogitar a ideia de se envolver emocionalmente com alguém, um arrepio sinistro percorria seu corpo. Precisava impedir qualquer possível brecha.

Esticou o braço até a mesa de cabeceira e agarrou o celular de novo, mas dessa vez começou a digitar uma mensagem para um destinatário bem improvável, para se certificar de que tudo saísse conforme queria:

Vai trabalhar hoje à noite?

A resposta de Felipe veio em menos de dois minutos.

Olha só quem resolveu dar as caras. Não. Hoje tô de folga. Pq?

Lucas sorriu e jogou o aparelho na cabeceira. Finalmente ele poderia visitar o bar de que tanto gostava sem medo de encontrar Felipe.

Levantou-se e seguiu em direção ao banheiro. Enquanto ligava o chuveiro e despia-se para entrar no box, ficou pensando que o dia mal havia começado e ele já estava pensando na noite e nas bebidas.

Riu consigo mesmo outra vez quando duas perguntas surgiram na sua cabeça: quando foi que se perdera daquele jeito e como ainda não tinha virado um alcoólatra?

A resposta para a primeira pergunta ele sabia, mas não era uma boa ideia pensar nela.

✗ ✗ ✗

Pedro estava novamente sentado no consultório de Lucas em frente a ele. O adolescente vestia uma camiseta branca com o desenho de uma série de televisão, calça jeans e All Star vermelhos.

— ... E então ela continua nessa busca de uma "cura" para mim — contava, enquanto Lucas apenas ouvia. — Inclusive, ela tem reclamado da terapia que estamos fazendo.

Lucas assentiu, lembrando-se da conversa que tivera com a mãe de Pedro. A mulher, extremamente religiosa, pedira a ele que tirasse do filho a homossexualidade. Riu por dentro. Era triste como algumas pessoas insistiam em acreditar que homossexualidade é doença, que uma terapia ou uma reza fervorosa lhes traria a "cura".

— Ela diz que não tem efeito em mim — explicou Pedro. — Mesmo eu falando quanto sinto que progredi desde que comecei, ela ainda acha que está jogando dinheiro fora. Que quem vai me "curar" é Deus. Inclusive, ela me deu um prazo...

Lucas levantou uma sobrancelha, entendendo por onde a conversa estava se enveredando.

— Me deu até o final do mês para "mostrar sinais de melhora", como ela mesma disse. — Pedro franziu o cenho, demonstrando o absurdo das palavras da mãe. — Me conta uma coisa, Lucas. Como você faz?

Lucas não respondeu, pois sabia que viria mais alguma coisa. Ajeitou-se na poltrona, sem tirar os olhos de Pedro.

— Como você faz para levar sua vida, ser quem você é, quando as pessoas mais próximas de você querem te puxar pra baixo?

— O que mais você precisa me contar, Pedro? — Lucas falou pela primeira vez depois do monólogo do menino. Sentia que tinha mais por vir. Ele mesmo, ou qualquer outro rapaz gay, provavelmente já tinha passado pela mesma situação. Os mesmos questionamentos, as mesmas incertezas e os mesmos receios. Lutando contra a maré, tentando sobreviver num mar tempestuoso que insistia em tentar te afogar ao botar em sua mente que ser quem você é não é natural.

Pedro balançou a cabeça em negação, rindo timidamente.

— Você é bom mesmo — suspirou, em seguida tomou fôlego. — Eu conheci um rapaz pela internet, e a gente tá ficando.

— Isso é ótimo. — Lucas sorriu, fazendo uma anotação nos papéis em seu colo. Levantou o olhar, esperando o "mas" iminente. Envolvimento emocional nunca dava certo, ele sabia disso.

— Mas com essa pressão toda da minha mãe, eu estou ficando louco. — Ele fez uma pausa, ajeitando os cabelos que cobriam-lhe a testa. — Estou gostando muito de sair com o André, mas de tanto que minha mãe fala, começo a ficar em dúvida, e às vezes me sinto dividido. Será que eu não estou fazendo algo de errado?

— Errado está quem tenta mudar algo que nasce com você e que não faz mal a ninguém — respondeu Lucas prontamente. — Nosso tempo está acabando, mas quero que pense nisso até a nossa próxima consulta. Viva sua vida, aproveite com o... André, né? — Pedro confirmou com um aceno de cabeça. — Aproveite com ele e vamos dando um passo de cada vez, tudo bem?

A sessão terminou, e Lucas organizou suas anotações, já sozinho no consultório. Ele não queria deduzir nada, mas quando olhava para a história de Pedro, via muitas semelhanças com sua própria juventude.

Só esperava que a história do garoto tomasse um caminho diferente da sua.

✕ ✕ ✕

Lucas pediu mais uma bebida no balcão. O ambiente era iluminado por luzes verdes e roxas, e havia pessoas sentadas perto do balcão e outras às mesas espalhadas pelo bar espaçoso.

Quando passara pela recepção, um pouco mais cedo naquela noite, quem lhe entregara a comanda fora um outro rapaz, que na maioria das vezes ficava como garçom e estava substituindo Felipe em sua folga.

Quando pedia seu terceiro copo da noite, Lucas pegou-se pensando na sessão com Pedro do começo do dia. Apesar de serem diferentes, não conseguia deixar de enxergar a si mesmo nele. As conversas com Pedro estavam trazendo-lhe lembranças de sua própria adolescência e do início de sua juventude, coisas que preferia esquecer. Mais de cinco anos haviam se passado desde que decidira se tornar o que era naquele momento em que virava a bebida de uma única vez, sentindo-a queimar garganta abaixo.

— Achei que você fosse me chamar para sair. — Uma voz conhecida despertou-o de seus pensamentos. Lucas não precisou nem virar o rosto para ver que era Felipe, encostando-se no balcão ao seu lado. Como não houve resposta, Felipe continuou: — Quando você me mandou a mensagem mais cedo. Perguntando se eu ia trabalhar.

Lucas soltou o ar longamente pelo nariz, dessa vez virando-se para encará-lo.

— Estava sentindo falta daqui. — Fez sinal para o *barman*, que logo lhe trouxe o quarto copo.

— Você vem sempre aqui. — Felipe abriu um sorriso, demarcando suas covinhas e exibindo dentes muito bem-cuidados.

— Eu sei, mas eu... estive ocupado — respondeu Lucas, sério, deixando de encarar Felipe para olhar algum ponto atrás dele.

— Tão ocupado que não conseguia me responder? — perguntou Felipe em tom de brincadeira, apoiando um cotovelo no balcão.

— Não exatamente. — Lucas abriu um sorriso forçado e elevou as sobrancelhas numa expressão que se traduzia como um "pois é, né?". Felipe estava tentando cruzar o muro que Lucas tinha ao redor de seus sentimentos. A barreira que o protegia e o mantinha são, desapegado, e o privava de qualquer decepção que pudesse surgir. Ele não se deixaria sentir qualquer coisa parecida de novo, principalmente depois que as lembranças tinham refrescado sua memória.

— Ah... — soltou Felipe, o sorriso no rosto sendo substituído por uma expressão de compreensão de algo que ele não esperava. — Eu achei que tivesse sido legal o que aconteceu entre a gente...

— E foi legal — interrompeu Lucas, voltando a olhar Felipe nos olhos. Durante alguns segundos, ponderou quais seriam as palavras certas para usar a seguir. — Mas é só isso. Foi algo legal que aconteceu uma vez e não vai acontecer de novo.

Pela sua expressão, Felipe parecia ter sido atingido por um tijolo no rosto. Olhou para baixo, deixando a boca abrir-se de surpresa e assentindo com a cabeça.

— Sempre que eu te via, enxergava além dessa armadura que você usa para se esconder — disse, voltando a encarar Lucas. Hesitou, mas tomou coragem para continuar: — E posso estar sendo ousado e até presunçoso ao dizer isso, mas, quando aconteceu o que aconteceu entre a gente, senti que sua guarda baixou um pouco. Como se você estivesse querendo sair de trás dela, mas tivesse medo.

Lucas riu, sarcástico. Quem ele achava que era para avaliá-lo daquele jeito? Uma sensação de desconforto começou a incomodá-lo, porém continuou ouvindo.

— O psicólogo aqui não sou eu, mas... — Os olhos azuis de Felipe encontraram os de Lucas e se fixaram ali por alguns instantes,

encarando-os como se fossem capaz de enxergar seus pensamentos.
— Aí dentro pode ser solitário, escuro e perigoso. Você precisa abrir a porta e deixar alguém entrar uma hora.

Lucas lambeu os lábios. O incômodo cresceu, transformando-se em raiva. Não estava acostumado a estar do outro lado e ser avaliado, muito menos num ambiente nada propício como aquele. Quando não era ele quem levava a conversa, parecia estar pisando em território perigoso. Não podia sair por baixo. Nunca. Suspirou e pensou bem antes de responder:

— Você tem razão. — Tomou o quarto copo de bebida em um único gole. — Você não é psicólogo. — Esperou alguns segundos antes de continuar, deixando as palavras bem claras: — Só falou um monte de merda da qual claramente não entende porra nenhuma. Aliás, o que você está fazendo aqui mesmo? Achei que não fosse trabalhar hoje.

O peso do desconforto esvaiu-se quando sua fala se perdeu no ar. Depois de dizê-las, o sentimento de estar sendo invadido emocionalmente deu uma trégua. Respirou fundo, sentindo o prazer da retomada do controle.

— Eu vim porque imaginei que você estaria aqui. — Desapontado, Felipe fez um gesto de "deixa pra lá" com a mão, balançou a cabeça e finalizou: — Mas só perdi meu tempo.

Afastou-se dali, seguindo em direção à saída. Lucas ficou sozinho, olhando para o fundo do bar outra vez, com as palavras de Felipe ecoando em sua mente.

Você precisa abrir a porta e deixar alguém entrar uma hora.

Chacoalhou a cabeça, jogando os pensamentos para longe e enclausurando-se mais uma vez no seu muro emocional.

Ao fundo do bar, seu olhar encontrou o de um rapaz alto e de cabelos ondulados, que lhe abriu um sorriso no mesmo instante. Lucas acenou para ele, e o homem aproximou-se.

Era disso que ele precisava. Uma distração, para poder jogar as lembranças num canto escuro de sua mente.

— Oi — disse o rapaz ao encostar no balcão. — Qual é o seu nome?

— A gente não precisa trocar essas informações.

Curto e grosso. Não tinha motivo para perder tempo com coisas insignificantes.

No instante seguinte, Lucas estava aos beijos com ele.

Um pouco à frente, Felipe saiu do bar e olhou para trás. Viu Lucas aos beijos com um desconhecido. Respirou fundo e saiu, desejando que o encontro pudesse ter sido diferente.

Gabriel

Gabriel estava vivendo o que chamaria de "um período de *dates* ruins". Já vira a expressão antes na internet, com relatos engraçados, alguns até mesmo tragicamente cômicos, mas nunca pensou que ele mesmo viveria sua própria fase de encontros que dariam muito errado.

O primeiro foi com Rafael, um universitário que conhecera por um aplicativo e frequentava a mesma faculdade. Os dois tinham acabado de entrar na sala de cinema depois de tomarem um suco. Rafael se mostrou reservado quanto à vida pessoal, limitando-se a responder somente a informações básicas, sem muitos detalhes. Gabriel soube apenas que ele estudava arquitetura, fazia estágio e dividia o apartamento com um colega.

Durante o trailer dos filmes, os dois trocaram o primeiro beijo, e então tudo começou a ir por água abaixo. Rafael subitamente ficou tenso quando viu duas pessoas subindo as escadas e sentando-se apenas duas fileiras à frente.

Gabriel estranhou a atitude do rapaz e acompanhou seu olhar, que estava fixo no outro jovem, que entrara acompanhado segurando um balde de pipoca. Seu acompanhante, por sua vez, colocava um copo de refrigerante no apoio no braço da cadeira.

— Er... tá tudo bem? — Gabriel virou-se para Rafael. Receou que ele pudesse estar passando mal ou tivesse liberado algum tipo de gatilho, até.

— Não. — Rafael estava começando a suar de nervoso. Suas mãos apertavam os apoios da cadeira. Na tela, algo explodia no trailer de um filme de ação. — Aquele que entrou é... — Ele virou-se para Gabriel, como se só então tivesse percebido que falava com ele, e hesitou antes de continuar: — Ele é o meu... colega de quarto.

— E ele não sabe que você está num encontro com outro cara? — Gabriel indagou, ainda tentando entender o raciocínio de Rafael. Estranhou o seu nervosismo e os olhos arregalados de susto. Pelo pouco que sabia, ele era assumido, então não conseguia entender o motivo daquilo tudo.

— Não é isso... é que... — murmurou Rafael. Ele parecia cada vez mais confuso. — Filho da puta! — exclamou de repente, sobressaltando Gabriel.

De olhos arregalados pelo susto, e sob alguns "shhhh" que choveram no cinema com a exaltação de Rafael, Gabriel olhou novamente para os rapazes que haviam entrado na sala. Estavam se beijando. Nada muito fora do comum, então por que aquele fuzuê todo?

Quando se virou para perguntar a Rafael o que realmente estava acontecendo, não o encontrou mais lá. Ele estava descendo a escada e atravessando a fileira onde os rapazes se beijavam.

— Ei, Marcelo. — Rafael parou ao lado do colega, que largou o outro no mesmo instante.

Gabriel franziu o cenho, mas permaneceu sentado. As outras pessoas no cinema começaram a reclamar da interrupção. Começou a se sentir um pouco desconfortável e com vergonha de estar, de certa forma, envolvido naquilo.

— Senta aí, moleque! — gritou alguém do fundo.

— Rafael! — Marcelo parecia surpreso e assustado. Muito assustado. — Eu... Eu... Amor, eu não sei o que te dizer.

Amor?!, Gabriel pensou, mas o acompanhante de Marcelo foi quem verbalizou a palavra em tom de surpresa. As peças começavam a se encaixar enquanto a cena se desenrolava.

— Como assim? Ele é seu namorado?

Gabriel entendeu tudo naquele instante. Não havia colega de quarto coisa nenhuma. Rafael morava com o namorado, Marcelo, e estava saindo às escondidas com Gabriel. Só que Marcelo também estava traindo Rafael.

— Você me disse que ia trabalhar. — Ele estava furioso. Quando o rapaz ao lado de Rafael pediu que se sentasse, pois queria ver o filme em paz, ele apenas o ignorou e cruzou os braços, esperando uma resposta do namorado.

— E o que você está fazendo aqui também? — rebateu Marcelo, soando confiante pela primeira vez. Ele se colocou de pé e olhou para trás, procurando algo.

Gabriel se encolheu na cadeira, fingindo estar concentrado nos trailers que rolavam pelo telão. Rafael tinha escondido aquele pequeno detalhe dele, e ele não queria ficar no meio daquilo.

Desarmado, Rafael começou a ficar sem graça. Os protestos pela sala de cinema aumentaram, até que o lanterninha entrou, procurando a origem da balbúrdia.

— Tudo certo por aqui? — perguntou o lanterninha, parando na ponta da fileira na qual acontecia a discussão.

— Não — retrucou Marcelo, entregando a pipoca ao garoto que o acompanhava. — Mas a gente vai resolver isso lá fora.

Dito isso, ele passou por Rafael e saiu pela escada onde o lanterninha estava. Rafael o seguiu com uma expressão de raiva, surpresa e vergonha ao mesmo tempo. Quando os dois deixaram a sala, seguidos do funcionário do cinema, o rapaz que estava com

Marcelo olhou para cima. Gabriel encontrou seu olhar e deu de ombros antes de voltar a prestar atenção na tela. O filme estava começando.

Mais uma vez fazendo papel de trouxa, pensou, acomodando-se na cadeira à medida que a sala voltava a ficar em silêncio. *Pelo menos ele pagou o ingresso.*

✕ ✕ ✕

Gabriel e Rafael nunca mais se falaram, mas os encontros ruins continuaram a acontecer. O segundo deles foi com Júlio.

Gabriel esperava sentado na mesa de um café dentro de um grande shopping de São Paulo. Viu Júlio entrando, na sequência de um homem e de uma mulher, e acenou para ele. O casal seguiu para uma mesa ao fundo do local, ao passo que Júlio sorriu e se aproximou para sentar-se com Gabriel.

— Tudo bem? — Gabriel encantou-se com a beleza dele. Era muito mais bonito do que nas fotos.

— Tudo ótimo. — Júlio sorria, mas parecia nervoso, olhava para os lados como se estivesse se escondendo de alguém.

— Não vai me dizer que você também é comprometido... — brincou Gabriel, arrependendo-se logo em seguida de ter soltado o comentário sem pensar.

— O quê? Claro que não... Por que você acha isso? — Júlio encarou-o de olhos arregalados, como se tivesse sido pego no flagra.

— Nada. — Gabriel balançou a cabeça. — Uma piada interna comigo mesmo.

Júlio assentiu. Ficaram algum tempo ali conversando enquanto tomavam um milk-shake. Durante o papo, Gabriel não pôde deixar de notar que o casal que entrara logo atrás de Júlio olhava para os dois o tempo todo.

— Aqueles dois não param de nos olhar — comentou discretamente com Júlio, aproximando-se dele e abaixando a voz.

Júlio nem olhou para trás, só sorriu sem graça e balançou a cabeça.

— As pessoas são assim mesmo — comentou. — Não podem ver dois meninos juntos que já ficam olhando. Estou acostumado.

Gabriel apertou os olhos, estranhando o comentário e o jeito sem graça dele, mas nada disse sobre aquilo. Em vez disso, teve outra ideia:

— Bom, então acho que a gente podia dar um pouco de entretenimento para eles, né? — Sorriu maliciosamente.

— Como assim? — Júlio olhou para trás pela primeira vez, então voltou a encarar Gabriel de novo.

— Com um beijo. — Gabriel pousou a mão sobre a de Júlio e aproximou-se um pouco dele. Júlio, por sua vez, afastou-se, olhou para o alto, soltou longamente o ar pelo nariz e, por fim, falou para um Gabriel com olhar confuso:

— Eu quero. Quero muito. — Fez uma pausa, olhando ao redor novamente. O casal no fundo continuava a encará-los, dessa vez não tão discretamente.

— Mas...? — incentivou Gabriel, vendo a hesitação na fala de Júlio.

— É que... — Ele se aproximou e abaixou tanto a voz que Gabriel até sentiu o hálito fresco dele tocando seus ouvidos — Aqueles dois que não param de nos olhar são meus pais.

— O quê? — Alguma coisa não fazia sentido naquela loucura toda. — Como assim?

— Eles insistiram em vir comigo para ver se você era uma pessoa legal. — Júlio estava corado e evitava encarar Gabriel, com vergonha. — Eu fico sem graça de beijar na frente deles, mas eu quero muito ficar com você.

— Quantos anos você tem? Dezenove mesmo? — Gabriel não conseguia esconder seu descontentamento e sua incredulidade.

— Sim, mas... — A julgar pela sua expressão, Júlio queria achar um buraco e se enterrar no chão.

— Acho incrível que seus pais se importem com você — disse Gabriel, lembrando que seus próprios pais o haviam rejeitado anos antes. — Mas já é um pouco demais. Eu... — Demorou alguns segundos para pensar na maneira certa de continuar. Não encontrando nada melhor, disse simplesmente: — Eu preciso ir.

Júlio pareceu desapontado.

— A gente continua isso depois? — perguntou, olhando-o como um cachorrinho triste.

— A gente vai vendo.

Gabriel levantou-se e saiu do café, acompanhado pelo olhar dos pais de Júlio, que pareciam confusos na medida em que o filho parecia desapontado.

✖ ✖ ✖

— E esse não foi nem o pior de todos. — Era fim de uma das aulas e Gabriel contava aos amigos sobre os encontros desastrosos que tivera.

Ele caminhava pelos corredores do câmpus em direção à sala onde aconteceria a próxima aula. Junto dele estavam Melissa, Luana e Alan. Enquanto Alan ouvia as histórias de Gabriel com uma seriedade incomum, Luana estava mais entretida trocando mensagens no celular com a nova namorada, Juliana.

— Ainda teve esse outro que só prova como eu sou azarado no amor, saquem só...

O encontro com Caíque estava marcado no restaurante, e Gabriel chegou meia hora mais cedo, tamanha era sua ansiedade. A afinidade com o rapaz fora instantânea, e os dois haviam se dado muito bem.

Caíque tinha a mesma idade dele, cabelos escuros e curtos da mesma cor de seus olhos, e usava óculos de armação circular, o que evidenciava ainda mais seu lindo rosto — como descreveria Gabriel.

Aliás, um rosto lindo que ainda não vira pessoalmente e era a causa das borboletas no seu estômago ali, sentado à mesa do restaurante enquanto esperava.

Gabriel pediu um suco ao garçom e pegou o celular para avisar Caíque de que tinha chegado. Enviou a mensagem e esperou. O suco chegou antes que recebesse uma resposta.

Ansioso, Gabriel checava o celular o tempo todo, mas Caíque não havia nem visualizado a mensagem, mesmo quando os trinta minutos de antecedência tinham se passado.

— Gostaria de pedir agora, senhor? — O garçom retornara à mesa para recolher o copo vazio.

— Ainda não — respondeu Gabriel, olhando o celular, desapontado. — Estou esperando alguém.

— Tudo bem. Pode me chamar quando estiver pronto — disse o garçom, afastando-se logo em seguida.

Gabriel permaneceu sentado, olhando pela porta na esperança de ver Caíque entrando por ela a qualquer instante, mas só acumulou frustração. Mais meia hora se passou e nada. Nem uma mensagem sequer. Gabriel estava prestes a se levantar quando ouviu o celular apitando.

Oi! Desculpa. Eu acabei me enrolando com uns trabalhos da faculdade e me esqueci completamente. Foi mal.

A mensagem acabava ali, e quando Gabriel achou que isso seria tudo que teria como explicação, chegou mais um balãozinho com o resto.

Desculpa mesmo. Não vou conseguir ir hoje, mas vamos marcar de novo. Você escolhe o lugar e eu pago pra compensar, prometo!

O primeiro pensamento de Gabriel foi uma mescla de raiva e desapontamento, mas ele logo amoleceu o coração. Para ele, era um defeito ter o coração mole e deixar que as pessoas, muitas vezes, acabassem por se aproveitar disso. Começou a digitar:

Podia ter me avisado antes, né? Mas tudo bem. A gente pode se ver semana que vem.

Pagou o suco e saiu do restaurante. Ele estava realmente interessado em Caíque, então poderia tentar de novo. Talvez Caíque estivesse falando a verdade e se esquecera. Ele mesmo já se enrolara diversas vezes com trabalhos da faculdade. Não custava nada dar uma chance, certo?

Mais tarde, ao chegar em casa, encontrou a avó no telefone com algum conhecido dela. Gertrudes terminou a ligação pouco depois de Gabriel entrar e sentar-se no sofá.

— Você não ia a um encontro? Voltou tão cedo por quê? — perguntou ela ao sentar-se ao lado do neto.

— Ah, vó. — Gabriel suspirou. — Levei um bolo, mas tudo bem. Ele se enrolou com umas coisas da faculdade. A gente vai marcar de novo semana que vem.

— Ah... — Ela balançou a cabeça, pensativa, e então tocou o joelho esquerdo de Gabriel. Encarou o rosto triste do neto antes de acrescentar: — Com certeza ele não fez de propósito. Quem é que ia perder um encontro com um partidão como você?

Gabriel riu e colocou a mão por cima da dela.

— Ai, vó — disse, dessa vez sorrindo para ela. — A senhora é a melhor, sabia?

— Sabia — respondeu ela, rindo alto e colocando-se de pé para ir até a cozinha. — Se esse cara aí não quiser nada com você, quem tá perdendo é ele. — finalizou, gritando do outro cômodo.

Gabriel pegou o celular. Tinha acabado de ter uma ideia de um lugar para ir no próximo encontro. Rapidamente achou o contato de Caíque e escreveu:

Oi! Já sei aonde podemos ir no próximo encontro.

Esperou e nada. Passou o resto do dia olhando a tela do aparelho, mas nenhuma notificação, a não ser dos amigos. Estranhou a demora e abriu as mensagens novamente. Percebeu que, das outras vezes em que tinham conversado — com exceção de quando o esperava no restaurante —, Caíque sempre respondia em questão de minutos. Horas já haviam se passado e nenhum sinal de resposta.

Foi então que Gabriel finalmente aceitou: às vezes, o silêncio diz muito mais do que palavras.

Caíque não ia responder mais.

✖ ✖ ✖

— E esse foi meu último encontro frustrado — finalizou Gabriel, contando aos amigos. — Sempre acontece algo para dar errado.

— Calma, Gabs — disse Melissa. Estavam saindo da última aula daquela manhã no mesmo grupo de sempre. — Vai aparecer um cara legal pra você qualquer hora, você vai ver.

— Pois é — emendou Alan, enfiando-se entre Gabriel e Melissa enquanto caminhavam pelo corredor. — Se não tá dando certo, é porque você tá procurando no lugar errado.

— Vocês têm razão — concordou Gabriel, pegando o celular para olhar as horas. — Por isso vou tentar mais uma vez e, se dessa vez não der certo, desisto.

— E com quem vai ser dessa vez? — Luana perguntou, caminhando na ponta do grupo, ao lado de Melissa.

— O nome dele é Rodrigo. — Gabriel sorriu ao falar, abrindo uma foto dele no celular para mostrar aos amigos. — Olhem como ele é fofo.

— É... — assentiu Alan, parecendo desapontado. Seus ombros caíram como se ele estivesse murchando. — Pior que é mesmo.

Pouco depois, chegaram à saída do câmpus. Gabriel se despediu dos amigos e seguiu seu caminho em direção ao shopping, onde encontraria Rodrigo, enquanto Melissa, Alan e Luana foram para o ponto de ônibus.

O shopping ficava a quinze minutos de caminhada. Quando estava próximo ao local, Gabriel parou no semáforo e enviou uma mensagem a Rodrigo, avisando que estava quase chegando.

Distraído com o celular, viu o sinal ficar verde para atravessar, mas não notou o carro cruzando o farol vermelho. Não fosse esse segundo de distração, teria evitado que o veículo se chocasse contra ele e o jogasse no asfalto, o telefone voando de suas mãos.

Gabriel demorou alguns instantes até entender o que estava acontecendo. Não conseguiu mexer o corpo no chão, só sentiu a visão vacilar e embaçar enquanto via o rosto de outras pessoas surgindo acima dele.

Perdeu os sentidos antes mesmo que pudesse formular qualquer pergunta.

Lucas

Lucas entrou no mercado para comprar algo no mesmo momento em que Felipe saía. O encontro de olhares foi inevitável. Os olhos azuis de Felipe eram cativantes, mas quando encontraram os olhos castanhos de Lucas, ele notou que estavam cheios de desapontamento.

O filho da mãe é lindo, pensou Felipe enquanto chegava próximo da saída do mercado, e Lucas mantinha o olhar fixo no seu.

— Oi. — Lucas disse, parando ao seu lado. Surpreso, Felipe parou e esperou, sem responder. — Eu fui meio rude com você naquela noite.

Felipe assentiu, ainda calado.

— É só que... — *Que porra estou fazendo?* Lucas estranhou por estar tentando se desculpar. Ele não fazia isso. Felipe era para ser uma página virada de sua vida, apenas mais um entre os vários que passavam por sua cama. — Você tentou se aproximar demais e acabou cruzando uma linha que me incomodou.

— Beleza, Lucas — disse Felipe, pela primeira vez, trocando o peso de uma perna para a outra. Depois do jeito como tinha sido tratado da última vez que se viram, ele não tinha a menor vontade de estender o assunto. Sentia-se mal com si mesmo por ter se submetido àquele tipo de situação. — Eu entendi. Você gosta de espaço, e não vou interferir nisso. — Houve um momento de silêncio entre os dois, durante o qual ficaram encarando-se, com pessoas passando ao redor e o barulho dos carros na rua ecoando. Sabia que precisava terminar aquilo logo antes que acabasse cedendo. — Eu preciso ir agora. A gente se vê pelo bar... eu acho.

Felipe afastou-se. Lucas permaneceu no lugar. Na sua mente, ecoou outra vez uma frase que Felipe dissera no dia da discussão no bar:

Você precisa abrir a porta e deixar alguém entrar uma hora.

Não! Repreendeu a si mesmo. Manter a porta fechada era a melhor maneira de continuar seguro. Não podia deixar ninguém entrar. Odiava o fato de que Felipe, mesmo sem fazer esforço, tinha o poder de mexer com sua cabeça, gerando sentimentos confusos. Ele não devia nem ter tentado puxar conversa. Devia ter passado direto como se eles nunca tivessem se visto na vida. Era tão fácil e natural fazer isso com outros, no entanto, com Felipe, algo não estava funcionando direito no seu esquema de "nunca se aproximar demais".

Tentando manter a mente limpa, entrou no mercado e começou a percorrer os corredores, querendo manter sua vida o mais simples e tranquila possível, do jeito que fazia nos últimos anos.

✕ ✕ ✕

As semanas foram passando e Lucas e Felipe mal se falavam. Apesar de Lucas ainda frequentar o bar, os dois evitavam trocar qualquer palavra que fosse. Não que tivessem chegado a ter alguma coisa séria, só sentiam que havia uma tensão entre eles.

Lucas, como de praxe, tentava se dedicar ao seu trabalho para evitar se envolver demais em relacionamentos. As sessões com Pedro foram progredindo. A relação do adolescente com os pais, principalmente com a mãe, só piorava, até que chegou o dia em que a situação atingiu seu pico.

— Ela me expulsou de casa. — revelou Pedro assim que entrou no consultório. Jogou-se no assento de sempre e esperou que Lucas se acomodasse à sua frente. — Ela me disse que, já que eu não vou — fez um sinal de aspas com os dedos para imitar a fala da mãe — "virar homem", então é melhor eu ficar longe dela.

— Quando aconteceu isso? — perguntou Lucas, com uma expressão de incômodo.

— Foi logo depois do nosso último encontro. — Pedro segurava as lágrimas. — Ainda bem que minha tia aceitou ficar comigo. É uma irmã do meu pai, distante da família, mas a pessoa mais sensata nela.

Lucas permaneceu calado. Sem perceber, estava mergulhando no fundo de sua própria mente, abrindo caixas que aprendera a trancar para que as emoções não o tomassem. Antes que os sentimentos enclausurados ali escapassem de vez, fechou-as de supetão e voltou sua atenção a Pedro.

— Só estou aqui hoje por causa dela — continuou ele. — Ela aceitou continuar pagando a terapia.

— Isso é bom — disse Lucas. — É bom ter alguém que te apoie.

— Mas isso tudo me machuca... — murmurou Pedro, à beira das lágrimas. — Meus próprios pais... Eles não me querem. Eu tenho a minha tia, e tem o André também, mas...

Lucas observou-o sem falar nada. Os demônios presos nas caixas em sua mente gritaram e tentaram se soltar, mas ele os manteve ali.

— Eu sinto que todos vão se afastar de mim de um jeito ou de outro. Até mesmo o André tem andado estranho ultimamente — finalizou Pedro. Ele levantou o olhar para Lucas e seus olhos se encontraram. — Eu preciso que você me ajude.

— Você vai evoluir com isso tudo — argumentou Lucas, enxergando algo no olhar de Pedro, algo que o deixou preocupado.

Mas ainda era um pouco cedo para ter certeza e tomar uma atitude.

✕ ✕ ✕

A certeza veio nas sessões seguintes. Em uma delas, Pedro contou que André havia terminado com ele, aparentemente "sem um motivo plausível".

— Ele disse que queria viver a vida — explicou Pedro ao compartilhar as notícias. — Disse que era muito novo e não queria se prender ao primeiro relacionamento dele.

— E como você se sente com isso tudo? — questionou Lucas.

— Era o meu primeiro relacionamento também, mas... — Ele hesitou, esfregando as mãos. Seu olhar estava perdido em algum lugar na própria mente. — Lembra quando a gente conversou sobre todos quererem um relacionamento, mas ninguém conseguir encontrar ninguém? E no fim ficamos todos perdidos?

Lucas assentiu, inclinando-se na poltrona enquanto esperava ele terminar.

— Eu pensei que finalmente tinha encontrado alguém que queria mesmo ficar comigo — disse Pedro, encarando os pés. Ao prosseguir, sua respiração acelerou e as palavras saíram atropeladas. — Mas parece que não. Voltei à estaca zero. Minha própria mãe não me quis, meu namorado me deu um pé na bunda e a minha tia... — Uma pausa para recuperar o fôlego. — Bem, a minha tia deve ter me acolhido por pura pena.

Enquanto escutava o adolescente, Lucas se segurava para não se perder em seus pensamentos. Parou mais uma vez e forçou a concentração em Pedro

— Você vai conhecer outras pessoas — disse, por fim. — E verá que o André foi apenas uma parte da sua vida. Quem sabe vocês ainda voltem no futuro? Mas o importante é você saber que esse está sendo um momento da sua vida. As coisas mudam o tempo todo. Pessoas vêm e vão, momentos começam e acabam. Sejam bons ou ruins, eles acabam. Você precisa aproveitá-los para tirar algum aprendizado deles.

Lucas levantou-se e foi até a estante no fundo da sala. Dali, retirou um livro com uma capa marrom-alaranjada, cor que o lembrava do outono. Voltou ao seu lugar e entregou-o a Pedro. Enquanto o adolescente observava a ilustração de dois garotos de costas um para o outro, sentados em duas malas de viagem num trilho de trem, com folhas caindo ao redor deles, Lucas explicou:

— Leva esse livro para ler. Ele conta a história de um rapaz gay que se sente solitário depois de perder o irmão. As lições que ele aprende sobre amor-próprio talvez possam lhe ajudar também.

Ele levantou o olhar para Lucas, sorrindo.

— Você parece saber de muitas coisas. E deve ter muitos rapazes te desejando, né?

Lucas ajeitou-se na poltrona, percebendo a investida de Pedro.

— O livro vai te ajudar, Pedro — respondeu, acenando com o queixo para o livro que o menino segurava. — Leia e no nosso próximo encontro a gente conversa um pouco sobre ele, tudo bem?

Quando Pedro deixou o consultório alguns minutos depois, Lucas já não tinha só uma desconfiança. Seus pais o rejeitaram; o primeiro amor — que sempre é terrivelmente intenso para a maioria das pessoas — havia destruído seu encantamento; e Pedro sentia um buraco enorme no seu campo afetivo. Na cabeça confusa dele, a figura mais forte que podia suprir toda essa carência era Lucas. Na visão do garoto, seu psicólogo sabia como agir em todos os momentos, passava uma imagem segura de si e aparentava ser convicto do que queria na vida.

Enquanto anotava tudo na ficha de Pedro, Lucas teve a certeza de que teria um trabalho ainda mais complicado pela frente e que o tratamento do menino em seu consultório estaria em risco.

Ele estava se apaixonando por Lucas.

Gabriel

Primeiro vieram as vozes. A princípio, indistintas, apenas sons que não faziam sentido e ecos vindos de longe, como se de outra dimensão. Tudo ainda estava escuro. Por que as luzes estavam apagadas? Ou será que ele tinha ficado cego? Teria rido de si mesmo se a situação fosse outra, pois acabara de perceber que estava de olhos fechados, e por isso não enxergava nada.

O que tinha acontecido? Que vozes eram aquelas ao seu redor? Seu corpo estava tão pesado quanto as pálpebras. Fez um esforço enorme para abrir os olhos e ver um quarto branco iluminado. Percebeu que estava deitado em uma cama com o braço direito engessado. Havia um homem de pé ao seu lado.

Gabriel tentou dizer algo, mas só o que saiu de sua boca foi um murmúrio ininteligível. A dona de uma das vozes, uma enfermeira que checava anotações numa prancheta pendurada no pé da cama, olhou para ele e disse:

— Ele acordou. — Lançou um sorriso simpático antes de soltar a prancheta e se aproximar. — Como se sente?

— Parece que morri e estou com um pé aqui e outro no além — respondeu.

— Oi, eu sou o dr. Rubens — falou o homem ao lado da cama, em um tom de voz agradável. — Você foi atropelado e quebrou um osso do braço, mas poderia ter sido bem pior.

A memória de Gabriel foi retornando aos poucos. Seus olhos arregalaram quando se lembrou de tudo. Estava indo encontrar Rodrigo quando o carro o atingiu no semáforo.

— Fizemos alguns exames em você, e está tudo em ordem — continuou o dr. Rubens, colocando a mão sobre o ombro de Gabriel. — Só vamos mantê-lo em observação aqui pelo resto do dia, mas amanhã você pode voltar para casa.

Gabriel assentiu.

— A minha avó — disse, subitamente, ao pensar nela. Tentou se sentar, mas o corpo doeu e acabou desistindo. A enfermeira se aproximou, pegou um controle acoplado à cama e, depois de alguns comandos, o encosto elevou-se, fazendo Gabriel ficar parcialmente sentado. — Eu preciso avisá-la.

O dr. Rubens sorriu e olhou para a enfermeira,

— É a senhora simpática que está lá fora? — perguntou ela.

— Vá chamá-la, Gisele, por favor — pediu o médico.

Pouco depois, Gisele retornou ao quarto acompanhada de Gertrudes. Ela correu até o neto e o puxou contra seu corpo.

— Menino, você me deu um baita de um susto. — disse ela, afagando seus cachos. Afastou-se, mas manteve as mãos nos ombros de Gabriel. — Quase matou essa velha aqui do coração.

— Tá tudo bem, vó. — Gabriel sorria, mas tinha no rosto uma expressão de dor. — Só pega leve quando for me abraçar. Tá tudo meio que doendo ainda.

— Vamos deixá-los à vontade — anunciou o dr. Rubens, retirando-se da sala.

— A gente passa aqui depois — disse Gisele, tocando o braço de Gertrudes carinhosamente antes de seguir o médico.

— Como você chegou aqui tão rápido? — perguntou Gabriel à avó quando os dois ficaram sozinhos no quarto.

— Não foi tão rápido assim, não — respondeu ela, segurando a mão direita do neto entre as suas. — Já faz algumas horas que tudo aconteceu, mas eu só fiquei sabendo porque alguém que se preocupa muito com você me ligou.

Gabriel franziu o cenho, encarando o sorriso da avó.

— Quem?

— Acho melhor ele mesmo falar. Vou lá chamar ele e já volto.

Ela saiu do quarto antes que Gabriel pudesse fazer qualquer outra pergunta.

✗ ✗ ✗

Quem entrou pela porta pouco depois não foi sua avó. Gabriel deveria ficar surpreso, mas, de algum modo, não ficou.

— Eu não esperava que fosse você, mas meio que esperava — disse, abrindo um sorriso involuntário. — Isso faz algum sentido?

— Acho que faz. — Alan sorriu de volta. — Como você tá? — Fez uma careta ao olhar o braço engessado do amigo.

— Dolorido, mas vou sobreviver — respondeu Gabriel, reparando no olhar de Alan. Será que tinha batido com a cabeça? Pois não tinha notado antes como aqueles olhos verdes eram bonitos.

— O pior já passou. — Alan parecia genuinamente aliviado. — Eu quase morri quando vi que era você lá.

— Você é a pessoa que, segundo minha avó, "se preocupa muito comigo"? — Gabriel ajeitou-se na cama, sentindo uma pontada nos músculos das costas enquanto se mexia.

Alan enrubesceu e desviou os olhos por um instante. Não era normal vê-lo sem graça. Na maioria das vezes, Alan estava fazendo piadas ou tagarelando.

— Acho que... sou — respondeu, coçando a parte de trás da cabeça. — O ônibus passou no cruzamento que o carro te pegou, e eu vi pela janela as pessoas se juntando. Quando vi que era você, eu gritei até o motorista abrir a porta para mim.

Ele riu, lembrando-se da cena.

— Eu fiquei desesperado mesmo — continuou, o Alan expressivo e falador voltando aos poucos. — Estou rindo agora porque passou.

Gabriel encarava os lábios sorridentes de Alan.

— Obrigado. Acho que essa foi a cereja do bolo dos *dates* ruins.

Alan assentiu, exibindo uma expressão que dizia "pois é, meu amigo", que fez Gabriel rir de novo.

— Mas que bom que agora você e eu estamos tendo um *date* só nosso nesse lindo hospital. — disse Alan, em tom de ironia. Descansou a mão na de Gabriel, sobre seu colo, e o encarou. Ele sorria, com a boca e os olhos.

Gabriel reparava nisso quando uma batida veio da porta, seguida da voz de Melissa.

— Desculpa atrapalhar o casalzinho aí, mas não dá pra ficar esperando lá fora pra sempre. — Ela entrou no quarto. Atrás dela, entraram Gertrudes e Luana, que trazia na mão um objeto peculiar. Parecia um chocalho de madeira decorado com penas coloridas.

— Foi difícil, mas conseguimos convencer a recepção a deixar entrar todo mundo de uma vez — disse Gertrudes. — A gente tem uns quinze minutos.

Alan tinha soltado a mão de Gabriel, e Melissa o empurrou para o lado para chegar perto da cama e abraçar o amigo.

— Ai, que bom que está tudo bem com você — disse ela, distanciando-se e passando a mão no cabelo dele.

— O que vocês estão fazendo aqui? — indagou Gabriel, confuso.
— Vocês não tinham que estar no trabalho?

— Prioridades, né, amor? — respondeu Melissa, afastando-se para dar lugar a Luana.
— O que é isso na sua mão? — perguntou Gabriel quando a amiga se aproximou da cama.
— Fecha a porta — pediu ela, ignorando a pergunta. Alan fez o que foi pedido, e só então Luana virou-se para Gabriel, dizendo:
— Eu sou a louca mística, vocês já sabem.
Todos a ouviam em silêncio. Gabriel olhou para cada um dos presentes com desconfiança, mas esperou Luana terminar de explicar:
— Você tá muito azarado, menino. Vários encontros dando errado e, em um deles, você até foi atropelado antes de chegar no encontro em si.
Gabriel ficou pensativo ouvindo as palavras da amiga.
— O universo quer te mostrar que deve parar com isso ou que alguma energia negativa está pairando sobre você. — Ela fez uma pausa, olhou ao redor para os amigos que a observavam e encarou Alan por alguns segundos a mais. — Acho que o universo quer te mandar por outro caminho, mas... — Ela pegou o chocalho de madeira com penas e balançou-o à frente do corpo. — Vamos tirar essas energias ruins que te permeiam.
— Você vai bater na cabeça dele até as energias saírem? — brincou Alan, fazendo os presentes rirem. Melissa até tampou a boca com as mãos para disfarçar.
— Não vai funcionar se ficarem tirando sarro — repreendeu Luana, séria. Voltou-se para Gabriel antes de continuar:
— É uma técnica xamã que limpa as energias. Eu vou recitar um mantra enquanto a aplico e vocês todos mentalizem coisas boas, tá bom?
Todos assentiram, e Luana pareceu satisfeita. Sorridente, ela começou a chacoalhar o objeto no ritmo do mantra que recitava.

A cada frase que proferia, ela dava um passo pelo quarto. Parou em todos os cantos, balançando o chocalho e dizendo as palavras ritmicamente.

Todos a acompanhavam com o olhar, inclusive Gabriel. Mas, em determinado momento daquele mantra interminável, desviou os olhos sem perceber e encontrou os de Alan, que o fitavam com um brilho esverdeado. Não se lembrava de já o ter olhado com tanta atenção antes. Desde que tinham se conhecido, ele sempre o vira apenas como um colega, que foi ficando mais próximo com o passar do tempo, só que nunca o tinha observado daquele jeito. Era como se estivesse enxergando-o de verdade pela primeira vez somente naquela hora.

Alan partiu os lábios num sorriso que refletiu ainda mais nos seus olhos. As sardas em seu rosto adicionavam um quê de sensualidade e combinavam com o brilho em seu olhar. Gabriel não conseguiu conter o próprio sorriso.

Pensou em todos os cuidados que o amigo sempre tinha tido com ele. Nas festas, Alan sempre aparecia com uma bebida não só para si mesmo, mas também para Gabriel. Várias vezes, o tinha ouvido reclamar de suas decepções amorosas, inclusive o levando para casa bêbado quando ele perdeu a linha por causa de Mateus, o amigo de Melissa que agora parecia estar num passado distante. Fora Alan quem o encontrara caído no meio da rua logo depois do acidente... Ele sempre estava lá, em todos os momentos, para ouvi-lo e cuidar dele.

O que tá acontecendo? Gabriel estranhou estar reparando em todos aqueles detalhes de Alan que nunca vira. Com certeza era um efeito colateral do acidente e dos medicamentos que deviam ter lhe dado. Só podia ser. Não era possível estar vendo-o daquele jeito logo agora, era?

O mantra de Luana ecoava em sua mente, e Alan sorrindo para ele era tudo que conseguia enxergar naquela hora.

Lucas

Lucas continuava vivendo de acordo com suas regras: ficar sem se envolver. Nas semanas que se passaram, frequentou o bar de sempre. Felipe, recebendo-o na entrada, o tratou com profissionalismo, como se nunca tivesse acontecido algo entre eles.

Lucas preferia que fosse assim. Facilitava as coisas. Não queria deixar de frequentar um de seus lugares favoritos por causa de Felipe. Era mais fácil fingirem ser apenas conhecidos.

Em um sábado à noite, entretanto, Lucas decidiu mudar um pouco e foi para uma das baladas mais famosas de São Paulo. Fazia tempo que não ia àquele tipo de festa, geralmente preferia bares e lugares mais tranquilos, mas sentia que precisava daquilo. Ultimamente, sentia cada vez mais a necessidade de encontrar alguma válvula de escape, para tentar afastar os pensamentos intrusivos.

Enquanto dançava — já alterado por ter ingerido algumas bebidas alcoólicas —, atraía o olhar de um rapaz de óculos com armação preta que também mexia o corpo no ritmo da música a poucos metros dele. As luzes que mudavam de cor a cada batida coloriam sua pele ora de azul, ora de rosa, ora de verde, ora de amarelo.

Ao perceber que era observado, Lucas passou a encarar o rapaz e foi se aproximando aos poucos, sem deixar de dançar. Já muito próximos, começaram a dançar juntos, seus corpos tocando-se de vez em quando, as pernas se entrelaçando e soltando.

E foi nessa dança, com uma mescla de desejo, que os dois uniram-se num beijo. Lucas segurou o rapaz pela nuca para colar seus rostos num movimento frenético. Ele, por sua vez, apertou a cintura de Lucas contra a sua. Pouco depois, afastaram-se para um canto mais escuro e aproveitaram a privacidade para ficarem mais à vontade. Lucas tocou o rapaz — cujo nome nem havia perguntado — entre as pernas, enchendo a mão. O desconhecido fez o mesmo, causando um gemido involuntário em Lucas.

Permaneceram ali, explorando o corpo um do outro por algum tempo, até que decidiram sair e ir para o carro de Lucas. Dentro do veículo, beijaram-se ainda mais, tocaram-se mais intensamente e conheceram cada parte um do outro, com as mãos, a boca, os dedos.

Mais tarde, o rapaz recolocava sua calça, sentado no banco do passageiro, quando se virou e sorriu para Lucas, ajeitando os óculos no rosto.

— Qual é o seu nome? — Ele riu. — Acho que nos esquecemos desse detalhe.

— Não importa — respondeu Lucas categoricamente. Inclinou-se sobre o rapaz, que o observou com um olhar de estranheza, e abriu a porta do carro. — A gente não vai mais se ver mesmo.

O desconhecido soltou o ar pela boca e arqueou as sobrancelhas, surpreso com a resposta e o gesto.

— Você é bem direto, né? — Ele saiu, mas depois abaixou-se e colocou a cabeça dentro do carro, apoiado na janela. — Foi muito gostoso. Talvez a gente se encontre por aí.

Espero que não, pensou Lucas, mas não respondeu. Tinha sido muito bom, mas não podia quebrar sua própria regra e arrumar outro

Felipe na vida. O pouco que tinha feito de diferente com o *host* do bar já estava causando um burburinho interior, inquietando tudo aquilo que ele matinha escondido no seu subconsciente. Ter ido até aquela balada era sua maneira de lembrar a si mesmo de quem ele era e como vivia. Quanto menos soubesse do outro cara, melhor. Maiores as chances de nunca se encontrarem outra vez. Nada como uma boa pegação sem o menor envolvimento para refrescar sua memória e fazê-lo se sentir no controle de novo. Com uma sensação de estabilidade emocional, mesmo que momentânea.

Acenou com a cabeça, e o rapaz entendeu. Bateu a porta e começou a caminhar pela calçada da rua deserta.

Lucas deu partida e começou a dirigir.

✗ ✗ ✗

O caso de Pedro continuou a intrigar Lucas. O adolescente ficara muito afetado por ter terminado com o namorado. Sentia-se desolado, sozinho e sem esperanças. Estava afundando-se num mar de tristeza, como o psicólogo conseguiu constatar. Ele estava dando o seu melhor para ajudar Pedro, mas a carência estava levando-o por caminhos confusos que, inconscientemente, estavam fazendo-o buscar o afeto do qual sentia falta a qualquer custo.

E encontrou uma alternativa na única pessoa que parecia entender sua situação: Lucas.

— O que achou do livro que eu te emprestei? — perguntou Lucas, algumas semanas depois que o emprestara ao menino.

Pedro tirou o livro de capa alaranjada da bolsa e devolveu-o ao psicólogo, olhando as mãos dele por mais tempo que o comum.

— Eu gostei — respondeu Pedro, encarando-o.

— E como você está se sentindo? — questionou Lucas, já que Pedro estava sendo sucinto nas respostas.

Ele deu de ombros.

— Queria ter um romance como esse do livro.

— O romance que acontece no livro é lindo — falou Lucas, sem tirar os olhos de Pedro. — Mas a mensagem da história é que a gente precisa estar bem com a gente mesmo antes de qualquer coisa. — Ele fez uma pausa, durante a qual o garoto refletiu. — Não precisamos buscar o amor em outra pessoa achando que é isso que falta na gente.

— Eu entendi — emendou Pedro. Ele passou os dedos pelo cabelo, afastando a franja da testa. — Se um dia decidirmos ficar com alguém, tem que ser uma pessoa que nos acrescente e não que nos complete.

— Acho que você progrediu bastante desde o começo da terapia — disse Lucas, assentindo. — E agora a gente precisa trabalhar nisso. Na sua capacidade de ser completo sozinho e não...

— Você é casado? — interrompeu Pedro, encarando-o.

Lucas não demonstrou sua surpresa com a pergunta repentina. Respondeu calmamente, passando confiança no tom de voz:

— Não, mas vamos focar em você.

— Você se sente completo sozinho? — Pedro insistiu, ignorando Lucas. — Parece tão confiante sempre. Eu admiro isso, sabe?

Lucas refletiu. Aquela confiança que ele passava com sua imagem era real? Ele acreditava muito na possibilidade de ser completo sozinho, tanto que esse era um dos motivos pelos quais evitava se envolver com qualquer pessoa. Naquele momento, Felipe invadiu sua mente sem aviso algum. Se ele estava completo sozinho, por que não o deixava se aproximar?

E agora Pedro estava investindo nele simplesmente porque se sentia perdido e sozinho. Não podia deixar aquilo seguir adiante. Sua cabeça estava tão bagunçada quanto a do adolescente. Ele ativava gatilhos que preferia esquecer e deixar para trás.

Os demônios gritaram, trancafiados nas caixas.

~~Não~~ quero ser como você

— Eu queria um namorado como você. — A voz de Pedro o trouxe de volta ao presente, para a sala do consultório. — Confiante, bonito, bem-sucedido, decidido. — O garoto o olhava com desejo. Lucas já vira aquele olhar nos rapazes com quem ficava. Ele mesmo o usava quando se interessava por alguém. Mas vê-lo em seu paciente, um menino de apenas quinze anos, o deixou desconfortável.

— Tenha essas mesmas qualidades que você está mencionando — interpôs Lucas, tentando contornar a situação —, e você verá que não precisa delas em outra pessoa.

Pedro recostou-se no assento e observou-o. Lucas preferiu não tentar adivinhar o que se passava na cabeça do menino, que encarava seus lábios, mas tinha um palpite.

— Trabalhe na sua autoconfiança — continuou. — Foque nas suas qualidades, melhore o que acha que precisa melhorar. Não projete isso em outras pessoas.

Pedro não respondeu, apenas desviou o olhar e assentiu. Ao fim da sessão, Lucas sentou-se à sua mesa e fez anotações na ficha de Pedro, sentindo-se desconfortável como nunca se sentira com outro paciente. Por fim, chegou à conclusão de que ajudara Pedro o máximo que pudera. A partir de então, ele estava fora de seu alcance.

Pegou o celular e ligou para um contato da sua agenda.

✖ ✖ ✖

— G... — Amora interrompeu-se. Quando atendeu à ligação de Lucas, quase o chamara por outra palavra ao invés do nome. Ela estava em seu próprio consultório e tinha acabado de terminar uma consulta quando ele telefonou. — Lucas, tudo bem?

— Eu sei muito bem do que você ia me chamar. — Foi a resposta dele. Com uma mão no bolso e a outra segurando o telefone, ele olhava a cidade pela janela de seu consultório.

— Na verdade, eu ia dizer "oi, gay". — Amora sorria, a graça perceptível em sua voz. — Mas, como sempre, me embananei toda.

Lucas riu. Desde que a conhecera, Amora sempre tivera aquele jeito meio atrapalhado.

— Então, eu posso te chamar de "sapatão"? — perguntou ele, observando o movimento dos carros na rua lá embaixo.

— Pode, mas você sabe que só deixo porque é você. — Ela pareceu refletir por um momento. — Se bem que pode continuar me chamando de Amora. Até que gosto desse apelido.

— Ótimo. — concordou Lucas antes de acrescentar: — Hoje minha ligação é mais por uma causa profissional.

Ouviu Amora suspirar do outro lado, debochando.

— É claro. — disse ela, em tom de brincadeira. — O conceituado psicólogo Lucas não tem tempo para os amigos, só liga por motivos profissionais. A amizade que se dane.

— Ei, não reclama, tá? — respondeu ele, fingindo estar ofendido, mas com um sorriso no rosto. — A gente saiu para almoçar aquele dia e até fomos naquele protesto juntos. Aliás, ainda estou querendo saber o que vai dar.

— Eu também — concordou Amora do outro lado da linha. — Mas, vai, me conta logo por que está me ligando. Tenho um paciente chegando daqui a pouco.

Lucas foi sucinto.

— Eu preciso te passar um paciente. — Ele tentara adiar esse momento, pois achou que pudesse contornar a situação com Pedro, mas o caso se complicava cada vez mais. Não seria bom para nenhum dos lados continuar o tratamento. Pedro estava desenvolvendo uma falsa paixão por ele por causa da falta de afeto da própria família e por causa da decepção no primeiro amor. Além disso, aquele caso estava afetando o próprio Lucas, que se sentia constantemente sufocado em seus pensamentos.

— Qual o motivo? — perguntou Amora, usando um tom mais sério.

— É um caso de transferência — contou. — Ele está achando que sente algo por mim.

Lucas relatou todo o histórico de Pedro para Amora, que o escutou com atenção, fazendo um comentário ou outro durante a sua explicação. Lucas sentia até um pouco de pena de ter que desistir de Pedro daquele jeito, pois via nele grandes semelhanças consigo quando era mais novo. Queria ajudá-lo e ver a evolução de seu caso, mas as circunstâncias falavam mais alto, e o seu lado profissional não via outra alternativa senão passá-lo a outro colega para continuar o tratamento.

— Realmente, é o melhor a se fazer nessa situação — comentou Amora depois de toda a explicação. — Eu posso dar continuidade ao tratamento do Pedro.

Lucas agradeceu, ainda olhando a cidade se movimentando lá embaixo. A vida em São Paulo nunca parava. A todo momento as pessoas iam e vinham, correndo apressadas de um lado para o outro. O ritmo da cidade era tão acelerado que, se você não o acompanhasse, ficaria para trás. Talvez esse fator contribuísse para o grande aumento de pessoas sofrendo com transtornos psicológicos, ansiedade e depressão. *O mundo corre e esquece que cada pessoa tem seu ritmo para seguir em frente...*

— Lucas? — chamou Amora, sua voz parecendo vir de outra dimensão.

— Desculpa, me distraí — respondeu ele, voltando a si.

— Você está bem? — O tom de voz de Amora agora era pessoal, de amiga e não de psicóloga.

Lucas ponderou antes de responder. Ele estava bem? Era bem-sucedido na profissão, tinha estabilidade financeira e sentia-se fisicamente bonito. Não tinha do que reclamar. Mas quando prestava atenção no seu emocional, já não tinha tanta certeza. Tentava enganar a si mesmo com aquela imagem de confiança, de poder ficar com qualquer rapaz que quisesse, mas no fundo — atrás dos muros, na mesma região em que estavam as caixas com seus demônios — sentia-se vazio.

Quero ser como você, pensaria o rapaz que ele fora um dia. O Lucas antigo desejaria ser o atual. As circunstâncias o haviam levado a desejar ser o que era hoje, mas... Agora que o era, Lucas não tinha mais certeza de nada.

— Eu sei que faz tempo — respondeu, fitando seu próprio reflexo no vidro da janela. — Mas eu sinto muita falta deles.

Amora ficou em silêncio por alguns segundos, refletindo, até que emendou:

— Eu mal posso imaginar. — Ela suspirou. — Eu não a conhecia tanto, mas o pouco que a conheci, vi como ela era iluminada. Quanto a ele... — Amora fez uma pequena pausa. Também absorvida por lembranças e sentimentos do passado. — E olha que eu entendo dessas coisas de sentir a energia nas pessoas.

Lucas abriu um sorriso tímido, mas logo voltou a ficar sério. Já se abrira demais só de contar à amiga que sofria por saudade. Desde que tudo havia acontecido, ele prometera a si mesmo que não sofreria novamente, por isso fechara-se em si mesmo. Não podia abrir as portas, derrubar os muros e baixar a guarda, nem por um instante sequer.

— Preciso voltar ao trabalho aqui — disse, virando-se para o consultório vazio. Olhou as poltronas, a mesinha de centro, a mesa, as prateleiras com livros e tudo aquilo que demorara anos para conquistar na vida profissional. Era a única parte em que se sentia totalmente realizado.

— Lucas — a voz de Amora cheia de ternura —, você sabe que eu estou aqui por você, não sabe?

— Eu sei — respondeu ele, parado como um zumbi no meio de sua sala. — Mas tá tudo certo. Obrigado por tudo.

Ao desligar o telefone, tentou afastar os sentimentos que se acumulavam em seu peito. Ele nunca tivera a coragem de lidar cara a cara com eles. Ao invés disso, tinha preferido escondê-los e deixá-los naquela região escura de seu subconsciente. Não gostava do jeito que seus sentimentos vinham se agitando dentro de si ultimamente, como se estivessem crescendo e se fortalecendo o suficiente para quebrar suas amarras e fazê-lo relembrar tudo de novo. Se abrir com Amora — mesmo que de modo ínfimo — apenas lhes tinha dado mais forças.

Todavia, não deixaria que eles escapassem tão cedo. Não enquanto pudesse evitar. Fortaleceu os muros emocionais, respirou fundo e vestiu a imagem do rapaz confiante e despreocupado outra vez.

Seu próximo paciente chegaria dali a pouco.

Gabriel

Tudo parecia estar voltando ao normal nas semanas que sucederam o acidente. Logo Gabriel estava de volta às aulas, mas ainda de licença do trabalho.

Rodrigo, o rapaz com quem ia se encontrar quando tudo aconteceu, a princípio não tinha acreditado muito na história do atropelamento. Mesmo depois de Gabriel enviar-lhe algumas fotos do braço engessado, ele pareceu não se importar muito e esse foi o fim do encontro que nunca tiveram. Não conversaram mais.

Gabriel de fato tinha passado a se sentir um pouco mais tranquilo depois do ritual que Luana fizera enquanto estivera no hospital. Tanto que começou a deixar a ideia de encontrar um relacionamento um pouco de lado. Era estressante demais se preocupar com aquilo o tempo todo. Talvez Luana tivesse razão quando disse que o universo estava lhe empurrando para outra direção.

Entretanto, continuava a enxergar Alan com o olhar que surgira no hospital. Começou a relembrar os momentos que haviam vividos juntos desde que se conheceram, não muito tempo antes. Gabriel nunca o vira como mais que um amigo, mas Alan sempre parecia tratá-lo como alguém especial. Estava o tempo todo ali, querendo cuidar dele, ajudá-lo, fazê-lo se divertir e até mesmo tomar conta dele quando bebia além da conta.

Gabriel riu e sentiu-se um tanto quanto envergonhado ao lembrar-se do fatídico dia em que lamentara por Mateus ter ido embora de São Paulo. Alan estava lá escutando-o quando Gabriel vomitou de repente em cima dele.

Como podia ser tão lerdo? Será que realmente não tinha enxergado todos aqueles sinais ou estava apenas fazendo vista grossa? Não importava. Agora ele via tudo com clareza, e não podia deixar a chance passar.

✗ ✗ ✗

Gabriel terminava de tomar seu café da manhã quando a avó saiu do quarto dela, com uma expressão bastante animada.

— O que foi? — perguntou Gabriel, notando o sorriso estampado no rosto dela.

— Gabriel, vem ver o que eu descobri na internet. — Gertrudes gesticulou animada para que o neto a seguisse até seu quarto. Ele mordeu um pedaço do pão antes de levantar da mesa para seguir atrás dela.

— "Mães pela Diversidade"? — Lançou um olhar questionador à avó, quando se curvou atrás dela na cadeira. A tela no computador, com as bordas já ficando amareladas devido ao tempo de uso, exibia um site aberto com uma foto de um grupo de mulheres segurando uma bandeira com as cores da comunidade LGBTQIA+.

Gertrudes balançou a cabeça em sinal positivo, radiante, abrindo ainda mais o sorriso, num rosto já marcado pelo tempo, mas extremamente feliz.

— Sim. — Ela o encarava, ansiosa, como se esperasse uma reação empolgada do rapaz também. — É um grupo de familiares de pessoas

LGBTs que lutam pelas causas, pelos direitos e até ajudam mães, pais e familiares de outras pessoas a entenderem, dando apoio e informação. Não é demais?

— É incrível — concordou Gabriel, mordendo mais um pedaço de pão. Ao mesmo tempo que sentia a empolgação da avó, uma pontada de tristeza o invadiu ao lembrar que sua mãe nunca faria algo do tipo. — Eu já ouvi falar desse grupo, e admiro muito o trabalho que essas pessoas fazem.

— Eu vou me juntar a elas... a essas mães — anunciou Gertrudes, os olhos brilhando de emoção.

Gabriel abriu um sorriso de orelha a orelha, mal contendo o orgulho que explodia em seu peito naquele momento.

— A senhora é a melhor pessoa do mundo, sabia? — Sua mão pousou no ombro da avó. Ela levantou a própria mão e a colocou sobre a do jovem.

— Esse grupo poderia ajudar tanto a sua mãe também — disse. — A entender e a largar de ser besta.

— Ela é cabeça-dura, vó — disse Gabriel, lembrando-se dos pais. Era difícil pensar neles. Desde que fora expulso de casa e acolhido por Gertrudes, ele quase nunca pensara neles. Às vezes até se esquecia de que existiam, pois com certeza era o mesmo que eles faziam.

— Quem sabe se eu tentar falar com ela de novo... — Gertrudes soava esperançosa.

— Se você quiser, pode tentar — interrompeu Gabriel, ainda com a mão no ombro dela —, mas não acho que ela vá mudar de opinião.

— De qualquer jeito, isso seria apenas uma conquista a mais — continuou Gertrudes, colocando-se de pé. — Eu quero ajudar mais pessoas. Imagine quantos casos como o seu ou até piores existem por aí. E o trabalho desse grupo é bom pra caramba.

Gabriel levantou-se também, engolindo o último pedaço do pão.

— Eu tenho muito orgulho da senhora, sabia?

— Eu que tenho de você, meu menino. — Gertrudes estava com os olhos marejados ao encará-lo. Ela respirou fundo pelo nariz e agitou as mãos, como se espantasse alguma coisa no ar. — Agora vai logo pra faculdade que tá muito cedo pra eu chorar.

Gabriel abraçou a avó por alguns segundos, num gesto carinhoso que dizia mais do que ele poderia com palavras.

— Anda, vai logo. — insistiu ela.

Gabriel deixou a casa pensando no quão privilegiado era por tê-la em sua vida.

✗ ✗ ✗

O corredor estava deserto. Gabriel estranhou ao olhar a hora no celular, pois faltava pouco para a aula começar, mas não havia ninguém dentro da sala. Abriu a porta, somente para encontrá-la com as luzes apagadas e povoada de mesas e cadeiras, mas sem uma alma viva sequer.

Dando de ombros, resolveu esperar do lado de fora. Sentou-se no chão, tomando cuidado com o braço machucado, e abriu a mochila para pegar o livro que estava lendo. Mal começara a passar os olhos pela página quando sentiu a presença de alguém se aproximando.

Alan sentou-se ao seu lado, e Gabriel virou a cabeça para ele, abrindo um sorriso, sem perceber.

— Tá lendo o quê? — perguntou Alan, indicando o livro com um aceno do queixo. Ele abraçou os joelhos, e Gabriel encarou seus olhos verdes, enrubescendo sem saber o motivo.

— Um romance clichê — respondeu Gabriel, fechando o livro.

— Mas pelo menos é um clichê com dois meninos.

— Gosto — disse Alan, evidenciando ainda mais suas sardas ao sorrir. Por um instante, o rapaz, que sempre parecia ter um assunto, ficou calado, olhando para as próprias pernas. Só que o silêncio não durou muito, pois ele logo emendou: — E quando a gente vai viver o nosso romance clichê?

Gabriel guardou o livro na mochila antes de responder, ajeitando os cabelos com a mão:

— Quando você se declarar pra mim.

No mesmo momento, Gabriel enrubesceu, sem entender de onde tirara coragem para dizer aquilo. Não era como se estivesse num encontro com alguém que acabara de conhecer. De algum modo, o fato de a outra pessoa ser um estranho tornava as coisas mais fáceis. Mas aquele ali na sua frente era um amigo seu. Ele já o conhecia, e um medo veio à tona na forma de batidas aceleradas de seu coração.

— Então você quer o negócio oficial mesmo? — Alan sentou-se de lado para poder olhar o amigo melhor. Gabriel riu, sentindo o rosto quente.

— É sério que todo esse tempo... — Gabriel começou a falar, mas perdeu-se nas palavras ao encarar Alan. *Gente, ele é lindo mesmo...*

— Esse tempo todo o quê? — Alan esperou uma resposta que não veio. — Vai, termina a pergunta — insistiu, tocando os joelhos de Gabriel, num gesto de encorajamento.

Gabriel olhou para baixo, sentindo um pequeno formigamento subir-lhe pelas pernas, e finalizou:

— Você se interessava por mim?

— Você quer ouvir com todas as letras, não é? — perguntou Alan.

Gabriel deu de ombros, esperando que ele continuasse.

— Então vamos lá... — Alan estralou os dedos num ato teatral antes de continuar: — Sim, desde quando a gente se conheceu, e olha que não faz tanto tempo assim... Mas desde que eu vi você pela primeira vez, meus olhos brilharam.

Gabriel sorriu por dentro e por fora, sentindo uma sensação gostosa invadir seu corpo. Alan, sem tirar os olhos dos dele, continuou, apoiando as mãos nos joelhos de Gabriel com mais força:

— Eu vi seus cachos e não consegui tirar os olhos deles. Combinam tanto com seu tom de pele. Seu sorriso, seu jeito carinhoso, sua fé no amor. — Fez uma pausa, na qual pressionou um pouco os joelhos de Gabriel, como se agora estivesse falando com mais convicção. — Mas aos poucos fui vendo que você estava em outra, sabe? Sempre correndo atrás de algum cara que não era eu. Primeiro aquele amigo da Melissa, depois seus encontros que... — Ele hesitou e começou a rir. — Só te fizeram ser atropelado. Desculpa a piada.

Gabriel só conseguia rir. Era bom escutar aquelas coisas. Fizeram-no sentir-se cheio de energia.

— Eu gosto de você, Gabriel. — Alan fitou-o profundamente, os olhos verdes penetrando os castanhos. — Eu sempre quis você, mas já me acostumei com a ideia de que você não sente o mes...

Gabriel calou Alan com um gesto abrupto. Talvez a força que se apossou dele ao ouvir todas aquelas palavras foi o combustível que o impulsionou, talvez simplesmente o instinto ou uma mistura das duas coisas com um desejo que estivera sempre ali, mas que só descobriu sentir naquele momento. Não importava o motivo, apenas o gesto.

Inclinou-se e encaixou sua boca na de Alan, silenciando-o com um beijo que, no começo, o surpreendeu. Ficaram imóveis por alguns segundos, sentindo o toque suave dos lábios um do outro, então, quando a ficha caiu, continuaram.

Sentiu a respiração de Alan misturando-se à dele. Alan pressionou os lábios de Gabriel com os seus próprios, suas línguas encontrando-se em meio àquela dança silenciosa.

Gabriel levantou a mão direita e acariciou os fios ruivos ondulados de Alan, percorrendo-os até seus dedos pousarem no rosto dele, sentindo a pele macia e os músculos da bochecha dele se mexendo enquanto o beijava.

Alan manteve as mãos nas pernas de Gabriel, acariciando suas coxas enquanto o beijo enchia-o de satisfação, e estrelas e explosões de luz pipocavam em sua mente.

Quase já sem fôlego, afastaram os rostos, mas as mãos se tocaram, e a ponta dos dedos percorreram a palma um do outro até enfim se soltarem. Um sorriso estava estampado no rosto dos dois.

— A gente vai ter aula em outra sala hoje — disse Alan.

— Quê? — Gabriel franziu o cenho, um tanto quanto desorientado ainda.

— Tá todo mundo lá já — explicou Alan, colocando-se de pé. — Eu vim pra cá porque senti sua falta e achei que você não tivesse percebido. — Ele apontou para um papel colado na parede ao lado da porta, que Gabriel não notara ali antes. Estava escrito que a aula tinha sido transferida para outra sala naquela manhã.

— Me salvou de chegar atrasado. — Gabriel tentou se colocar de pé, mas, por causa do braço quebrado, teve um pouco de dificuldade. Alan estendeu-lhe a mão e o ajudou.

— Sobre não chegar atrasado... — disse ele, aproximando-se de Gabriel, prensando-o contra a parede. Gabriel sentiu uma onda elétrica nas veias, fazendo os pelos de seu corpo se arrepiarem. Sentia-se tão elétrico que chegou a pensar que Alan levaria um choque quando colocou a mão na nuca dele, pressionando de leve.

— A gente não vai morrer se perder uns minutinhos de aula, né?

Alan avançou e beijou-o de novo, puxando-o para si e se apoiando na parede. Seus corpos sentiam um ao outro, unidos pelos lábios. Gabriel apertou a cintura de Alan, esquecendo-se completamente do tempo.

Lucas

Com o passar das semanas, Lucas conseguiu manter o controle da situação, do jeito que gostava. Não tinha mais as sessões com Pedro, o que o ajudou a manter o passado escondido no passado. Os gatilhos que a situação do adolescente causava nele não o incomodavam mais.

    Aos poucos, foi deixando de pensar em Pedro e nas semelhanças entre suas histórias. Voltou a tomar o controle e jogou os traumas e as inseguranças para dentro da caixa junto dos demônios que tentavam escapar a todo custo. Eles estavam domados nas profundezas de sua mente. Trancafiá-los lá era o único jeito que tinha para não fraquejar. Finalmente conseguia respirar fundo, tranquilo. Sentia sua autoconfiança crescendo novamente. Perfeito.

    Saiu do elevador no andar de seu apartamento, já tirando a chave do bolso. Entrou, colocou a bolsa na mesinha de centro e partiu direto para o banheiro, depois de um dia cheio de atendimentos.

    Deixou a água do chuveiro levar todas as inseguranças que tinham começado a ressurgir nas últimas semanas. Os cabelos colaram-se à pele quando fechou os olhos e olhou para o alto. Sentiu a água quente relaxar os músculos.

Olhou-se no espelho depois do banho, o vapor embaçando seu reflexo. Usava somente uma toalha amarrada na cintura e os cachos molhados ainda caíam sobre os olhos, pesados. Arrastou a mão no espelho para que pudesse se olhar.

A imagem que viu o agradou. Manter-se recluso em si mesmo o fazia se sentir bem. Era como varrer e jogar a poeira para debaixo do tapete. Ela não era removida, simplesmente continuava ali, escondida, mas nunca à vista.

O problema acontecia quando o tapete era levantado. Lucas pensou se sentia falta de algo de seu passado. Claro que houve coisas boas, mas as ruins eram mais fortes, e não valia a pena revisitá-las se quisesse manter a imagem altiva que o olhava de volta no espelho.

O seu eu de outra época conhecera pessoas como ele, que conseguiam não sucumbir aos sentimentos. Pessoas que separavam muito bem o carnal do sentimental. E, exatamente por ser atingido por gente daquele jeito, Lucas sempre pensara:

Quero ser como você.

Era o que sempre lhe vinha à mente na época anterior ao seu muro sentimental. Queria ser como os rapazes que via. Sempre confiantes, descartando os outros com facilidade, sem remorsos.

Hoje ele era assim.

Sorriu para o espelho, e a imagem nele lhe sorriu em resposta.

Lucas estava de volta.

✕ ✕ ✕

Na manhã seguinte, acordou sentindo-se revigorado, com a fraca luz do sol acariciando seu rosto. Abriu os olhos e viu o céu de um dia tímido, quase nublado.

Ainda era cedo, por volta das seis da manhã. Só teria o primeiro paciente no período da tarde, mas levantou-se assim mesmo. Colocou uma camisa regata verde, um short azul que mostrava quase toda sua coxa e saiu para tomar café da manhã numa padaria perto do prédio.

    Assim que terminou, pagou pela comida e seguiu andando calmamente, observando a rotina paulista: pessoas saindo de casa, indo para o trabalho, para a escola, para a faculdade ou sabe-se lá para onde mais. Alguns subiam e desciam dos ônibus, outros dirigiam e muitos caminhavam. A cidade parecia estar sempre agitada, mas Lucas podia aproveitar aquele momento para respirar um pouco e encaixar-se de volta nos eixos.

    Logo chegou ao parque do Ibirapuera. Ali, alongou-se um pouco e começou a correr, admirando as árvores e o verde ao redor. Gostava de se exercitar. O vento batendo em seu rosto e bagunçando seu cabelo trazia uma sensação de leveza e libertação.

    Estava correndo numa parte da pista próxima a um lago quando avistou Felipe um pouco à frente, separado dele apenas por alguns metros e por um casal que corria tão rápido que Lucas achou que estivessem apostando corrida.

    Logo os dois afastaram-se, ganhando distância, e Lucas acelerou um pouco o passo. Reconheceu aquele cabelo loiro mesmo de costas.

    — Oi. — disse ao chegar perto de Felipe. Ele vestia uma camiseta regata azul e short preto. Olhou para o lado e seus olhos se arregalaram por um segundo. Ele puxou os fones de ouvido e os deixou pendurados no pescoço ao reconhecer Lucas.

    — Que susto — disse ele, já mais calmo, sem parar de correr.

    — Foi mal. — Lucas continuou ao seu lado, acompanhando seu ritmo. — Não sabia que você era do tipo que corre pela manhã.

    — Venho sempre que posso — emendou Felipe, soltando o ar pela boca. Seus cabelos loiros colavam-se à testa e gotas de suor escorriam pelo rosto.

— Eu preciso vir com mais frequência. Correr é...

— Libertador. — Felipe terminou a frase, lançando um sorriso para Lucas.

Lucas lembrou-se de Felipe em seu apartamento e da sensação de tocar aqueles lábios com os seus, deles percorrendo seu corpo. Parecia ter sido há um milhão de anos. Seu coração deu uma leve acelerada, e não por causa da corrida. Não percebeu quando o passo vacilou por um momento e quase tropeçou no próprio pé, recompondo-se logo em seguida numa dança desengonçada que arrancou um sorriso discreto de Felipe.

— Tá tudo bem por aí? — Ele continuou em movimento ao vê-lo recuperando a postura confiante como se nada tivesse acontecido.

— Tá, sim. — Lucas sentiu uma quentura no rosto, mas afastou os pensamentos da cabeça. Culpa daquela porra de tênis velho. Pigarreou para recuperar a pose e o controle da conversa. Não estava a fim de mais nenhum imprevisto, por isso foi logo emendando de uma vez: — Quer jantar comigo sexta?

Felipe parou de correr no mesmo instante e apoiou-se nos joelhos, a respiração ofegante. Lucas parou ao seu lado, e Felipe levantou o olhar.

— Isso é sério?

Lucas assentiu.

— Eu faço tudo. Quero compensar o modo com que falei com você aquele dia.

— Sexta eu trabalho. — Felipe se alongou. Esticou os dois braços o mais alto que pôde. Lucas olhou seu corpo de cima a baixo. — Mas posso ir para sua casa depois. Saio meia-noite, se não for um problema.

— Estarei lá te esperando. — Lucas riu, e os olhos azuis de Felipe colaram-se nos lábios dele.

Ele me quer, pensou Lucas, satisfeito.

— Pra jantar — enfatizou Felipe, levantando um dedo e apontando-o para Lucas. — Esse é o combinado.

— Pra jantar — repetiu Lucas, assentindo.

Felipe voltou a correr, dessa vez de costas, para continuar encarando-o.

— Te vejo lá. Só toma cuidado para não tropeçar no caminho de volta.

Abriu um sorriso provocador e virou-se novamente, afastando-se. Lucas sorriu e foi pela direção oposta.

Uma pequena mudança em suas próprias regras não faria mal. Poderia ver Felipe de vez em quando, era só não se envolver com ele. Se continuasse se sentindo como naquela manhã, manter distância emocional seria fácil. Eles poderiam sair de vez em quando, sem compromisso algum. Poderiam satisfazer um ao outro e no dia seguinte estariam longe de novo, por segurança.

Sim. Não haveria problema. Afinal, era esse o Lucas que ele queria continuar sendo.

Gabriel

Gertrudes estava no celular quando Gabriel entrou em casa no fim da tarde, alguns dias depois do beijo com Alan. Sua avó realmente se juntara ao grupo Mães pela Diversidade e até participara de alguns encontros, sempre animada e voltando pronta para contar tudo a Gabriel. Ela até mesmo o convidara para assistir a uma reunião, mas ele ainda não tinha ido, embora tivesse muita vontade.

Gabriel sentiu um leve déjà-vu ao entrar na sala e encontrar Gertrudes falando ao telefone. Aquela mesma cena acontecera há um tempo, quando ele tinha acabado de ser expulso de casa. Chegara na casa da avó, desolado, e a encontrara falando com sua mãe, a mesma pessoa com quem ela conversava naquele fim de tarde.

— Gabriela, minha filha, você devia ir comigo um dia — dizia a avó, sentada no sofá. Ela não percebera a presença de Gabriel no canto do cômodo. — Vai te ajudar a passar por esse processo de entendimento, o que, aliás, já devia ter acontecido há muito tempo.

Silêncio. A mãe de Gabriel disse algo do outro lado da linha que ele não conseguiu ouvir. Ele ficou ali, parado nas sombras da sala, e sentiu os olhos se encherem de lágrimas ao lembrar-se dos pais. Eles nunca tinham sido pessoas ruins. Deram para ele sempre o melhor e o criaram de modo exemplar, por isso doía tanto ter sido chutado para fora de casa num momento em que só precisava de apoio e de compreensão.

Sua mãe estava longe e perto ao mesmo tempo. Sentia falta de vê-la, de conversar com ela. E de seu pai também. Uma lágrima caiu silenciosamente de seu olho esquerdo e rolou pela bochecha, abrigando-se no queixo por alguns instantes antes de saltar e atingir o chão.

— Você está mesmo tão decidida assim? — O tom de voz de Gertrudes era triste. Ela suspirou longamente antes de voltar a falar: — Espero que não se arrependa quando for tarde demais. Você está perdendo uma pessoa incrível.

Mais lágrimas rolaram dos olhos de Gabriel ao ouvir aquilo.

— Se mudar de ideia, a gente te recebe de braços abertos... — Gertrudes hesitou. — Só que não demore. Isso machuca meu menino.

Ela desligou e suspirou sozinha no sofá, derrotada. Gabriel foi até a avó e sentou-se ao seu lado, segurando sua mão.

— Tá tudo bem, vó — disse ele. Ela viu os olhos vermelhos dele e o puxou para um abraço. Não precisou dizer nada para Gabriel sentir que sempre a teria ali, que faria o que fosse necessário para deixar o neto bem.

Mesmo que seus pais não pensassem o mesmo.

✗ ✗ ✗

Se por um lado, a relação de Gabriel com os pais parecia não ter mais volta, por outro, ele ficava mais próximo de Alan e dos amigos a cada dia.

Com o passar do tempo, Gabriel voltou ao trabalho, retirou o gesso do braço — agora completamente recuperado — e fortaleceu ainda mais seus laços com Alan.

— E vocês estão oficialmente namorando? — perguntou Luana. Naquele sábado à noite, todo o grupo de amigos estava reunido ao redor da mesa do bar. Vários copos e garrafas faziam companhia às porções de batata frita que haviam pedido antes.

Alan e Gabriel se entreolharam, sem graça. Deram de ombros ao mesmo tempo, e Gabriel sentiu o rosto ficar vermelho.

— A gente ainda não conversou sobre isso — disse Alan, pegando uma batata e levando-a à boca.

— Estão quase no terceiro mês, não é? — continuou Luana, sem perceber o embaraço dos dois. Ela virou-se para Juliana, sentada ao seu lado, e acrescentou: — Tem aquela regra dos três meses, não tem? Que se um relacionamento passa de três meses, é porque vai dar certo.

Juliana assentiu, mas foi Melissa, sentada entre os dois casais, que respondeu:

— Sim, mas tecnicamente esses dois se conhecem há mais de três meses, então já meio que deu certo, né? — Melissa apertou de leve a bochecha de Gabriel, como se ele fosse uma criança. — Estou tão feliz por vocês.

— Chega de falar da gente. — Gabriel afastou-se da mão da amiga. — Cadê aquele boy com quem você estava saindo, Melissa? Nunca mais falou dele.

Ela gargalhou, os cachos volumosos balançando no ritmo da risada. Antes de falar, pegou seu copo e deu mais um gole na bebida.

— Querido, aquilo já é passado.

— Vocês dois têm passado tanto tempo juntos que esqueceram os amigos e agora estão aí, desatualizados — emendou Luana, mastigando uma batata frita e dando outra na boca da namorada. Alan viu Gabriel olhando fixo para as duas e sorriu.

— Quer batatinha na boca também? — Alan pegou uma e a levou à boca de Gabriel, que começou a se esquivar, mas por fim aceitou e mastigou, rindo.

— Me conta mais disso, Melissa — pediu Gabriel, voltando a atenção para Melissa. — Como foi isso? Pra mim, você ainda tava com ele.

— Menino, o cara era doido. — Melissa franziu o cenho numa expressão de nojo. — Tinha ciúme até de você. — Ela gargalhou de novo. — Queria mandar em mim, mas, querido, ninguém manda nessa raba.

Ela ergueu o dedo ao pronunciar a última palavra e se levantou, meio inclinada na mesa e tomando mais um gole de sua bebida. Pousou o copo e continuou de pé.

— Vou ao banheiro. — Afastou-se, deixando os dois casais sozinhos.

— Vocês dois são tão lindos juntos — disse Juliana, assim que Melissa saiu. — Não é, am... Amor. — E riu.

Luana lançou um olhar para a namorada.

— Que foi? — perguntou Alan, rindo. — Ainda não estão na fase de se chamarem de amor?

— Não é isso — rebateu Luana antes que Juliana pudesse responder. — É uma coisa que ela inventou pra mim. — Gabriel e Alan pareciam confusos, mas Luana os ignorou, batendo de leve na mesa. — O assunto agora é vocês. Sim, ficam tão bem juntos.

— Quero chamar vocês para serem nossos padrinhos. — Juliana estava empolgada.

— Padrinhos? — Gabriel ergueu uma sobrancelha. — Vocês já vão casar?

Foi a vez de Alan gargalhar alto, ajeitando o cabelo ruivo com os dedos.

— Eu estou até surpreso que elas ainda não estão morando juntas — brincou.

— Verdade. — concordou Luana. — Sapatão já tá morando junto no segundo encontro.

Todos na mesa riram quando Melissa se aproximou.

— O que eu perdi? — perguntou ela, sentando-se de volta em seu lugar.

— Um casamento — respondeu Alan, pousando a mão na perna de Gabriel, que sentiu a eletricidade percorrer todo seu corpo.

Gabriel observou os amigos, se divertindo e rindo das piadas, falando de todo tipo de assunto. Permaneceram ali, bebendo e comendo até altas horas da noite. Ele gostava de estar com eles. Achou que bebera um pouco demais, pois via-os como que em câmera lenta. Luana e Juliana tocando as mãos de um modo tão natural que nem percebiam. Melissa exibindo seu belo sorriso, e a alegria perceptível no brilho de seus olhos. Alan com a mão no seu joelho como que para garantir que, de algum modo, eles estivessem conectados, mesmo em meio ao grupo.

Podia não ter os pais, mas tinha uma família. Só faltava a avó para que ela estivesse completa naquela mesa de bar.

✗ ✗ ✗

O táxi parou em frente à casa de Gabriel. Alan desceu com ele, e o motorista desejou boa-noite. Era uma típica noite de verão, a chuva recém-chegada, apaziguando um pouco o calor do dia.

Os dois correram até o portão e abrigaram-se embaixo de uma parte do telhado para não se molharem. Enquanto Gabriel procurava as chaves no bolso, Alan encostou seu corpo no dele para fugir da chuva. Gabriel sentiu o calor de Alan e a respiração quente na nuca, eriçando seus pelos.

Pouco depois estavam dentro de casa. Passaram pela porta do quarto de Gertrudes, tudo silencioso e escuro.

— Ela tá dormindo — murmurou Gabriel, puxando Alan pela mão.

Entraram no quarto do rapaz, fechando a porta atrás deles. Alan puxou Gabriel para perto de si, beijando-o e apertando seu corpo contra o dele. Sem se soltarem, foram caminhando juntos e caíram na cama. Gabriel colocou as mãos por baixo da camisa de Alan, sentindo a pele de suas costas na ponta dos dedos.

Alan despiu Gabriel primeiro, jogando a camisa para um lado e tirando o tênis, a meia, a calça e a cueca dele. Gabriel, nu, olhou o contorno do rosto de Alan no escuro do quarto e sorriu ao ver o brilho em seus olhos. Despiu Alan rapidamente e o puxou para um beijo.

Os cabelos castanhos e ruivos emaranharam-se num só, assim como seus corpos, que se entrelaçaram e se tocaram de todos os modos possíveis. Os lábios se encontraram e percorreram a pele um do outro.

Controlaram a respiração ofegante e o barulho para não serem ouvidos, mas Alan e Gabriel amaram-se naquela noite como se fosse a última na Terra.

Lucas

Lucas não tinha o costume de cozinhar. Não que ele não soubesse, só não tinha paciência. Mas na noite de sexta-feira resolveu fazer uma lasanha. Não daquelas congeladas, mas uma cujos ingredientes ele mesmo comprou e montou.

Felipe ia chegar depois da meia-noite, conforme tinham combinado, assim que terminasse seu turno no bar. Por isso, Lucas colocou a lasanha no forno por volta das onze horas e foi para o banho.

Ligou a televisão na sala enquanto ainda secava os cabelos e se trocava. Parou no meio do cômodo, com o short que vestiria na mão. No noticiário, a âncora falava algo que prendeu sua atenção:

— A bancada evangélica da Câmara dos Deputados está seguindo em frente com a lei que visa proibir o casamento entre pessoas do mesmo sexo e a revisão do que se enquadra no crime de homofobia. Segundo a ministra Daiana Alves — começou a ler um papel que estava nas suas mãos para citar a fala —, "somos um país majoritariamente cristão e, sendo assim, temos que fortalecer os valores e lutar pelo bem da família brasileira, não podendo deixar que esse tipo de coisa deturpe os ensinamentos bíblicos".

Não quero ser como você

A repórter terminou a leitura e voltou a relatar:

— Tal medida tem dividido muito a população. Muita gente está de acordo com a proposta da lei e a aprova. Outras pessoas são contra, e isso inclusive gerou protestos que paralisaram o trânsito nas grandes capitais. A votação poderá vir a público em breve, mas, enquanto isso não acontece, nossa equipe foi às ruas para entrevistar o público a respeito.

Quando a imagem mudou para pessoas dando sua opinião nas ruas, Lucas desligou a televisão, desapontado. Era um absurdo o que estava acontecendo. Aquela atitude dos representantes do país era um combustível perigoso para a homofobia. Não podiam deixar aquela lei ridícula passar e ser aprovada. Disse a si mesmo que procuraria informações do próximo protesto que fosse acontecer na cidade para participar.

Lucas vinha se especializando em psicologia para entender como a mente humana trabalhava, mas ainda não conseguia compreender tamanho retrocesso que algumas pessoas insistiam em defender.

Tremeu só de pensar no que podia acontecer a partir dali. Lembranças de seu passado ameaçaram vir à tona de novo, mas usou a força recém-adquirida e enfiou-as de volta nas caixas do fundo de sua mente. O passado não ia se repetir. Ele não permitiria.

Terminou de se vestir e de ajeitar o cabelo. Sentou-se no sofá e, enquanto Felipe não chegava, colocou um filme qualquer para assistir, olhando a lasanha de vez em quando.

✗ ✗ ✗

Um pouco mais tarde, o porteiro anunciou a chegada de Felipe. Lucas autorizou sua subida e correu ao banheiro para ajeitar os cachos, mesmo sem precisar. Observou o rosto no espelho e checou se os dentes escovados estavam limpos.

Felipe tocou a campainha do apartamento. Lucas recebeu-o com um sorriso e um abraço que demorou mais do que o comum. Felipe estava lindo como sempre, os cabelos loiros bagunçados de um jeito sedutor e os olhos azuis um tanto quanto tímidos.

— O cheiro tá bom — disse, passando ao lado do balcão da cozinha e entrando na sala.

— Eu fiz uma lasanha pra gente. — Lucas trancou a porta e seguiu Felipe.

— Se estiver tão boa quanto o cheiro, está uma delícia — elogiou Felipe, olhando para a lasanha no balcão entre a cozinha e a sala.

Lucas logo serviu Felipe e a si mesmo. Quando estavam sentados comendo, Lucas não tirava o olho dele, absorvendo cada detalhe de sua beleza. Os lábios rosados mastigando despertavam nele um desejo incontrolável.

— Como estava o bar hoje? — perguntou, numa tentativa de puxar assunto, ao perceber que Felipe não estava falando muito.

— Foi uma sexta típica. — Felipe engoliu um pedaço da lasanha antes de continuar: — Lotou bastante. Até achei que você fosse passar lá, como sempre.

— Meu interesse hoje disse que viria até mim. — Lucas abriu um sorriso sugestivo, e Felipe baixou o olhar, com as bochechas coradas.

— O interesse de hoje, né? — respondeu ele, com um tom de desapontamento na voz.

— Na verdade, esse interesse já tem algum tempo. — Lucas tentou consertar a situação. Embora tivesse certeza de que queria algo sem compromisso, não queria espantar Felipe outra vez. Tinha que tomar cuidado com as palavras. Seria muito mais fácil encontrar qualquer outro cara que tivesse pensamentos iguais aos seus, mas Felipe tinha algo que o atraía. Ele não conseguia muito bem dizer o que era, mas também não podia simplesmente descartá-lo de uma vez. Poderia usá-lo uma vez ou outra. Devia estar sentindo remorso por pensar daquele jeito, entretanto era esse tipo de pensamento que o fortalecia.

 Felipe assentiu e continuou comendo.

 — Me conta mais da sua vida, Lucas — pediu, encarando-o. — Eu sei pouco de você, você sabe pouco de mim. Vamos nos conhecer melhor.

 Lucas respirou fundo, colocando mais um pedaço de lasanha na boca. Mastigou-o lentamente antes de responder.

 — Não tenho muito o que contar. Não aconteceu nada de interessante que valha a pena compartilhar.

 — Não precisa ser uma história que daria um livro. — Felipe riu e se acomodou na cadeira. — Tem outras coisas que me fariam te conhecer melhor. Por exemplo, você é daqui de São Paulo mesmo? E a sua família? Quem são seus amigos? Sempre que eu te vejo, você está sozinho...

 Lucas encarou-o em silêncio, ponderando.

 — Sim, eu sou daqui de São Paulo mesmo. — Ele falava lentamente, escolhendo as palavras. Não queria pisar em falso e falar algo de que se arrependesse depois. Algo que o expusesse demais ou que o fizesse libertar suas emoções sem querer. — Meus amigos se resumem a alguns colegas de profissão. — Ele riu, lembrando-se de situações que vivera há tanto tempo que pareciam pertencer a outra pessoa, outro Lucas. — Éramos mais próximos antes. A vida adulta tem dessas, de afastar as pessoas.

 Felipe balançou a cabeça em compreensão.

 — Sei como é — concordou. — Também tenho poucos hoje em dia. A gente vai chegando nos trinta e os amigos vão diminuindo.

 — E os seus pais? — perguntou Lucas.

 — Meu pai morreu tem alguns anos. — O olhar de Felipe parecia absorto em lembranças. Lucas quase mergulhou naquele mar azul que o encarava, sem necessariamente enxergá-lo. — Mas minha mãe hoje mora não muito longe daqui. A gente se vê quase sempre.

— E vocês se dão bem? — Quando percebeu, Lucas já tinha soltado a pergunta. Falou baixo, como se estivesse conversando consigo mesmo, mas Felipe respondeu:

— Muito bem. Sempre fomos muito próximos, ainda mais depois que meu pai morreu. — Ele fez uma pausa, encarando Lucas. Felipe escolheu bem as palavras antes de continuar: — Ela é ótima. Sempre me apoiou, desde que eu me assumi na adolescência.

Lucas sorriu tristemente. Felipe percebeu que algo o incomodava, então decidiu não continuar aquele assunto.

— Vamos ver um filme? — Ele levantou-se e apontou para o sofá na sala.

Lucas abocanhou o último pedaço de lasanha e os dois sentaram-se no sofá, lado a lado. Escolheram um terror qualquer para se distraírem.

Durante uma perseguição tensa entre os personagens, Lucas pousou a mão na coxa descoberta de Felipe devido ao tamanho do short. Sentir a pele macia e quente sob seus dedos o deixava excitado. Abrindo um sorriso provocador e tímido ao mesmo tempo, Felipe a deixou ali e olhou para Lucas, que não perdeu tempo e o puxou para um beijo. Logo, esqueceram o filme e se entrelaçaram no sofá.

Lucas virou-se e deitou Felipe no móvel, subindo nele, sem parar de beijá-lo. O toque dos lábios roçando pela sua pele causavam uma eletricidade que eriçava cada pelo de seu corpo. Felipe passava as mãos pelas costas de Lucas, retribuindo o beijo, fincando as unhas e sentindo os músculos tensionados dele. Lucas entrelaçou seus dedos entre os fios de cabelo loiro e beijou-o com tanta vontade que o ar lhe faltou. Felipe ofegou e não conseguiu conter um gemido de prazer de escapar pela garganta. A intensidade subiu a um nível tão alto que Lucas começou a tirar a camisa, mas nesse momento

Felipe sentou-se bruscamente e afastou-se dele, indo para o canto oposto do sofá, o mais longe possível.

— Não — disse, evitando encará-lo.

— O que foi? — Lucas colocou a camisa de volta enquanto o fitava com um semblante confuso.

— Eu disse que ia vir só pra jantar. — Felipe olhou-o de lado por um segundo antes de desviar o olhar novamente. — Não quero mais nada além disso.

— E por que não? — insistiu Lucas, aproximando-se. — Seu corpo não parece que não quer. — Ele pôs a mão no meio da coxa de Felipe, subindo por ela e apertando de leve. Felipe afastou a mão de Lucas e balançou a cabeça em negação.

— Não dá, Lucas. — Ele ficou de pé, indo para o centro da sala, parando em frente à televisão. — Meu corpo quer, e o meu coração quer muito se aproximar de você e te conhecer mais.

Ele ficou em silêncio. Lucas apenas o encarou, sabendo o que viria a seguir.

— Mas eu sei que isso não vai acontecer — finalizou, bagunçando ainda mais os cabelos após passar a mão pelos os fios. — Estamos em páginas diferentes. Sei que a única coisa que você quer de mim é me usar como um brinquedo sexual, me chamar sempre que precisar. E eu queria isso. Queria ser como você. Te usar de vez em quando. — Fez uma pausa e olhou-o de cima a baixo. — Porra, você é muito gostoso e lindo, mas eu não consigo parar aí, tá me entendendo?

Lucas continuou em silêncio. Embora não tivesse respondido, ele entendia perfeitamente. Já estivera do outro lado, querendo ser aquele que não se importava com o sentimento dos outros. Felipe tinha razão: Lucas não podia oferecer nada além daquilo. Aquela porta se manteria fechada, para sua própria segurança.

— Eu achei que poderia — disse Felipe. — Mas me enganei. Eu preciso ir. Desculpa.

Ele saiu da sala. Um grito estridente veio da televisão quando o assassino do filme esfaqueou um homem em meio a uma floresta.

Felipe fechou a porta do apartamento atrás de si, e Lucas permaneceu ali, trancado.

Assim como os que seus sentimentos.

Gabriel

Ao fim do primeiro ano de faculdade, Gabriel sentia como se uma década tivesse passado, afinal tanta coisa havia acontecido. A festa na casa de Luana — enorme, diga-se de passagem — parecia ter ficado anos-luz para trás.

Gabriel chegava até mesmo a rir de si quando pensava no quão chateado havia ficado por Mateus ter voltado para Salvador. Ele nem o conhecia direito e já tinha se apegado daquele jeito.

Mas o que podia fazer? Ele simplesmente era daquele jeito. Se entregava demais às situações, mesmo sabendo que elas poderiam machucá-lo de algum modo. Muitas vezes, chegara a desejar que fosse diferente, que não se doasse tanto de corpo e alma, a fim de evitar desilusões. No entanto, no fim daquele primeiro ano, estava feliz e grato pelo lugar onde estava.

A cada dia, ficava mais próximo de Alan. Pela primeira vez na vida, Gabriel sentia-se totalmente seguro e sem medo de se machucar. E Alan também. Os dois se completavam e, quando estavam juntos, podiam incendiar o mundo inteiro, tamanho era o amor que doavam um ao outro. Isso o fazia perceber quão errado estava antes ao buscar desesperadamente por um relacionamento.

Era quase uma compulsão, uma ânsia angustiante em encontrar alguém. Somente agora, com Alan, percebia que não precisava ficar buscando, era só deixar as coisas acontecerem e estar aberto que tudo viria naturalmente.

Luana diria que era "o universo entregando aquilo para o que você está preparado". E Gabriel sentia-se exatamente assim. Estava mais consciente, mais maduro e finalmente entendia que nada tinha dado certo antes porque ele não estava pronto. O tempo todo Alan estivera ali, e somente com aquele entendimento que as coisas finalmente deram certo entre os dois.

Os dias quentes do verão paulistano corriam como um piloto de Fórmula 1, e logo fez a última prova do ano.

— Hoje, durante a madrugada, quero te levar para um lugar especial — comentou Alan, enquanto saía da sala com Gabriel. Começaram a caminhar juntos pelo corredor. Luana os esperava no fim dele, sentada no chão mexendo no celular. Ela havia terminado a prova mais cedo. — Para podermos comemorar o término das aulas e celebrar a gente.

Gabriel abriu um sorriso e entrelaçou seus dedos nos dele. O calor da mão de Alan era reconfortante.

— Eu te encontro quando sair do trabalho — disse Gabriel.

Aproximaram-se de Luana e começaram a conversar sobre a prova que haviam acabado de fazer enquanto esperavam Melissa terminá-la.

✗ ✗ ✗

Estavam deitados na grama, olhando o céu escuro onde não se via nenhuma estrela, somente a lua brilhante derramando sua luz prateada por toda a cidade. Uma sacola com bebidas e alguns salgadinhos e doces estava ao lado deles no chão.

Observando a imensidão do céu noturno e a lua tão pequena ao longe, Gabriel sentiu-se insignificante diante de toda aquela grandeza. Ainda sem tirar os olhos do alto, perguntou:

— Você acha que há vida nos outros planetas?

Alan, deitado ao seu lado, riu e virou-se para poder olhá-lo, apoiando-se em um cotovelo.

— Você por acaso fumou a maconha que esse povo aqui tá fumando? — Indicou os arredores com a cabeça. O lugar era chamado de Praça do Pôr do Sol, pois era uma praça num morro no alto da cidade, de onde se podia ver o sol nascendo e se pondo. A localização proporcionava uma bela vista de São Paulo. Onde estavam, era possível enxergar várias casas estendendo-se infinitamente quilômetros abaixo, e as ruas que se cruzavam entre elas. Ao redor dos dois, no enorme gramado da praça, havia outros casais e grupos de amigos esperando o dia raiar. Alguns bebiam, outros tiravam fotos com o celular e muitos fumavam maconha, impregnando o ar com o cheiro forte da erva queimando.

Gabriel sorriu e balançou a cabeça.

— Não. É só que... — Ele respirou fundo. — Olhando esse céu, eu me sinto tão pequeno, sabe? Nós somos tão pequenos.

Ficou em silêncio, refletindo.

— E tem gente por aí que se preocupa com coisas sem sentido — continuou. A noite estava quente e alguns insetos faziam companhia a eles. Alan balançou a mão em frente ao rosto para espantar um mosquito que os rodeava. — Como os meus pais.

Alan apertou a mão esquerda de Gabriel entre as suas. Gabriel havia contado a ele sobre o que acontecera na sua adolescência quando fora expulso de casa e acolhido pela avó. Deitado sob aquele céu, ele se sentia minúsculo. Imaginava toda a vida que pulsava no vasto universo naquele exato momento, e em como as pessoas ainda davam uma atenção desnecessária para coisas tão simples. Como ainda existia gente que não entendia a simplicidade e a naturalidade de alguém ser homossexual? Por que ainda existia tanto preconceito com a existência de algumas pessoas pelo simples fato de não serem iguais à maioria? Para ele era tão fácil, tão simples, mas gente como seus pais tinham uma enorme dificuldade em entender.

— Eu só posso imaginar como você se sentiu — O tom na voz de Alan era suave, como se estivesse sendo cauteloso para não dizer alguma coisa errada. — Talvez um dia eles percebam que não fazem sentido. — Ele sentou-se, e Gabriel fez o mesmo. Permaneceram de frente um para o outro, de pernas cruzadas. — Enquanto isso, você sabe que tem a mim. Antes de qualquer coisa, eu sou seu amigo, Gabs.

Um sorriso iluminou seu rosto assim como a lua iluminava a cidade com sua luz prateada. Alan sempre o chamara de Gabs, mas, nos últimos tempos, ouvir o apelido, era como ouvir uma música calmante que acariciava seus ouvidos e espalhava serenidade pela sua alma.

Beijaram-se sob o luar, as pessoas ao redor desaparecendo no mesmo instante. Durante o beijo, entraram em seu próprio universo e quase perderam o momento em que o céu começou a mudar de cor, passando do escuro para um avermelhado.

Descolaram os lábios, mas as mãos continuaram entrelaçadas, quando pararam para observar o sol surgindo tímido por trás das casas lá embaixo. Sua luz foi se espalhando, trazendo o dia consigo e enchendo o coração de Gabriel de esperança, aquecendo-o e dando-lhe a certeza de que ele estava onde devia estar. Aquele era o seu lugar, e ele estava feliz.

O aperto na mão de Alan intensificou-se. Ele olhou para Gabriel no mesmo instante, com a claridade do dia já quase completa. Como se fosse combinado, começaram a falar ao mesmo tempo:

— Eu quer...
— Você...

Interromperam-se, rindo.

— Diz você primeiro — pediu Alan.

— Não, fala você — rebateu Gabriel.

Alan ajeitou as mechas ruivas atrás da orelha, parecendo nervoso, mas empolgado ao mesmo tempo.

— Eu ia te fazer uma pergunta — disse, encarando Gabriel. — Você quer...?

Gabriel soube o que era antes mesmo que ele terminasse, pois ia fazer a mesma pergunta. A luz daquele nascer do sol trouxera a ele a certeza que esperava e, pelo visto, a Alan também.

— Sim! — interrompeu Gabriel, puxando Alan para si num abraço apertado.

— Você nem sabe o que eu ia te perguntar, como tá dizendo sim? — Alan ria enquanto retribuía o abraço.

— Você ia me pedir em namoro. — Gabriel afastou-se do abraço. — Eu ia falar a mesma coisa. Estamos sincronizados.

Encabulado, Alan coçou o topo da cabeça, dizendo:

— Na verdade, eu ia perguntar se você queria tomar alguma bebida que trouxemos. — Apontou para a sacola no chão. As pessoas na praça começaram a aplaudir, pois agora o sol havia nascido e trazia um dia iluminado de verão.

— Ah... — Dessa vez quem ficou sem graça foi o próprio Gabriel. Ele sentiu o rosto esquentar e sabia que estava corando.

Alan começou a gargalhar como se tivesse ouvido a melhor piada do mundo.

— Você devia ver a sua cara! — Ele não parava de rir. — É claro que eu estava te pedindo em namoro, seu bobo. — Colocou a mão na bochecha de Gabriel, fazendo-o olhar para ele. — Estou te enchendo o saco.

Gabriel estreitou os olhos, fingindo estar bravo, mas logo começou a rir também.

— Você não presta. — Deu um soco de leve no ombro de Alan, mas cedeu quando ele puxou seu rosto para mais perto.

As pessoas ainda aplaudiam o sol, mas foi como se aplaudissem os dois se beijando e selando o pedido de namoro oficial, totalmente alheios.

Lucas

Pela primeira vez em muito tempo, Lucas sentia o gosto amargo da rejeição. Isso não acontecia com ele. Era impossível, afinal ele não se envolvia. Deixava os sentimentos encaixotados num passado distante exatamente para evitar aquele tipo de frustração.

Talvez fosse mais ego ferido do que realmente a dor de ser rejeitado. É, era isso mesmo. Deixara a situação com Felipe ir longe demais. Devia ter respeitado sua primeira regra: não ter um segundo encontro.

Pelo menos agora aprendera a lição. Não deixaria isso acontecer de novo. Ser rejeitado por Felipe machucara seu orgulho. Lucas sempre tinha qualquer um que desejasse. Seu jeito despojado, despreocupado e confiante era um atrativo para muitos homens, menos para Felipe, pelo que parecia.

Dias haviam se passado desde o jantar com Felipe, e Lucas estava mais do que decidido a não deixar algo parecido acontecer de novo, com quem quer que fosse. Lembrava-se muito bem da dor que sentira anos antes, e não tinha intenção de senti-la outra vez, nem algo parecido. Nunca mais. A dor só vinha quando se deixava envolver.

Antes que as memórias viessem à tona, Lucas procurou uma distração. Numa sexta à noite, na sala de seu apartamento, abriu o aplicativo de namoro e vários perfis surgiram na tela. Para curar seu orgulho ferido, abriu um deles e mandou uma mensagem. Logo foi respondido e chamou o cara para sua casa.

Menos de meia hora depois, um rapaz bonito e alto estava na sua sala, onde começaram a se beijar e a se despir, assim mesmo, sem cerimônia alguma. Lucas jogou-o no sofá da sala, o mesmo no qual estivera com Felipe antes. Subiu em seu colo, de frente para ele, apoiando-se nos próprios joelhos, e beijou-o com ferocidade. O homem retribuiu, passando a mão pelas costas nuas de Lucas. Segurou seus cabelos por trás e puxou sua cabeça, deixando o pescoço livre. Os beijos e as mordidas dele ali causaram-lhe um alvoroço. Lucas segurou seus cabelos crespos com as duas mãos, sentindo os lábios e a língua do homem passarem pelo seu torso.

Tiraram o resto das roupas ali mesmo, mas Lucas levou-o para o quarto, continuando em sua cama. Ali, ele retomou o controle. Virou o homem de costas no colchão e subiu atrás dele, segurando suas mãos abertas para o alto. Mordeu sua orelha, sentindo a respiração acelerada e os suspiros. Beijou o pescoço dele e apertou seu corpo nu contra o dele. O visitante entregou-se completamente, deixando que Lucas o dominasse. O prazer foi momentâneo, carnal, mas visceral.

Houve pouca conversa. Lucas não sabia mais que o nome do rapaz, Jonathan. Tampouco queria saber. Ele estava ali apenas para provar que a rejeição não podia ser parte de sua vida. Ele controlava sua vida e seus sentimentos e podia fazer o que quisesse, sem que nada o derrubasse.

Lucas gostava daquele tipo de sexo por isso. Por mais passageiro que fosse, enquanto estivesse entregue ao prazer da carne, livre de qualquer envolvimento emocional, esquecia completamente e ficava imune aos sentimentos e às tentativas de fuga de seus traumas enclausurados. Porém, quando tudo acabava, uma sensação de vazio o preenchia. Era como se estivesse oco. Sentir-se incompleto talvez até fosse bom, pois assim seu interior permanecia dormente e ele, consequentemente, seguro.

Jonathan deixou o apartamento horas depois, já de madrugada. Lucas entrou no chuveiro, sem nem mesmo acender a luz do banheiro. Queria um banho no escuro, ouvir somente a água cair e bater contra sua pele, lambendo seu corpo. Por dentro, sentia-se como uma represa prestes a explodir e causar uma enxurrada, assim como acontecera anos atrás. Mas não deixaria aquilo acontecer. Estava no controle e não queria voltar a ser quem era naquela época distante. Debaixo do chuveiro, Lucas respirou fundo e fechou os olhos.

Permaneceu ali por bastante tempo.

Gabriel

Três anos se passaram como num passe de mágica. Gabriel ia à casa de Alan quase todos os fins de semana ou então o contrário, mas os dois nunca deixavam de se ver.

No começo, Gabriel ficara com um pouco de medo dos pais do namorado, mas então percebera quanto aquela família era incrível. Ruth e Antônio, seus sogros, eram as pessoas mais legais que ele já conhecera, ficando no mesmo nível que sua avó. Às vezes, as duas famílias se reuniam para um almoço ou algum tipo de celebração. Gabriel sentia-se tão bem e acolhido no meio deles que de vez em quando até esquecia os próprios pais. Sua verdadeira família estava ali, e era formada pela avó, pelo namorado e pelos sogros.

No fim do quarto ano da faculdade, os amigos se uniram na casa de Luana para o réveillon. Estavam na enorme sala que tinha até lareira — apagada, no momento —, sentados no sofá comendo alguns petiscos na mesinha de centro. Gabriel observava, através da parede de vidro, o condomínio que mais parecia um subúrbio norte-americano cheio de casinhas iguais. Voltou sua atenção para o interior da casa quando Melissa sentou-se ao seu lado no sofá. À frente, Luana e Juliana davam petiscos uma na boca da outra e riam. Alan tinha ido buscar mais bebidas na cozinha, onde Gertrudes estava com os pais de Luana.

— Essas duas parecem que se conheceram ontem, não é? — comentou Melissa, apontando para Luana e Juliana. — Parece você e o Alan. Dois grudes.

— Que isso, Melissa? — Gabriel virou a cabeça para olhar a amiga. — Parece até que tá com ciúme.

— Querido, eu não nasci para ter uma pessoa só — disse ela, rindo. — Deus me livre de monogamia.

— Ué... — Luana falou. — Desde quando você é poligâmica?

— Eu sempre fui, amor. — Melissa olhou para a amiga no sofá à frente. — Só é difícil achar gente que tem as mesmas ideias que eu. Então, até lá eu fico sozinha, tô mais que bem.

Alan adentrou a sala nesse momento, trazendo algumas garrafas nas mãos entregou uma para o namorado e deixou o resto em cima da mesinha de centro ao lado dos aperitivos. Espremeu-se entre ele e Melissa no sofá.

— Do que vocês tavam falando? — perguntou ele, colocando a mão na perna esquerda de Gabriel.

— De Melissa ser poligâmica e nunca ter contado isso pra gente — respondeu Luana, inclinando-se para pegar uma garrafa da mesinha.

— E precisava? — Alan ergueu uma sobrancelha. — Eu sempre soube, e ninguém nunca precisou me contar nada.

Melissa puxou Alan para um abraço e beijou a bochecha dele.

— Por isso que eu sempre amei você, Ed Sheeran — disse ela.

— Ah, não... — Alan balançou a cabeça. — Ed Sheeran já é demais. Só por causa do cabelo?

— E você achou que fosse por quê? Pelo seu talento musical?

— Chega, chega. — Luana ergueu a mão, rindo. Antes de continuar, ela olhou para Juliana, esperando aprovação. A namorada assentiu com a cabeça e Luana disse: — Temos uma coisa para contar para vocês.

O silêncio reinou dentro da sala. As vozes dos pais de Luana e da avó de Gabriel transformaram-se apenas em um burburinho, não muito longe dali.

— Conta logo. Para de suspense! — Alan agitou as mãos no ar, em sinal de impaciência.

— Eu conto ou você conta, amor? — Luana olhava para a namorada, parecendo nervosa, com um sorriso no rosto.

— Você. — Juliana tinha uma expressão de empolgação, mas não queria tomar o momento de Luana para si.

— Tá. — Luana respirou fundo, apoiou as mãos no joelho e anunciou: — A gente vai se casar!

A euforia tomou conta da sala. Melissa gritou e correu para as meninas, puxando as duas para um abraço. Alan e Gabriel aproximaram-se do abraço triplo e o transformaram num abraço grupal.

— Finalmente. — disse Alan quando se soltaram, todos em pé perto da mesinha de centro. — Já estavam envergonhando o nome das sapatonas. Demoraram quanto? Três anos para se casarem?

— Quatro, na verdade — explicou Juliana. — O casamento só vai ser no fim do próximo ano, quando a faculdade da... — Luana lhe lançou um olhar que a fez parar a frase no meio, mas os outros estavam tão eufóricos que mal perceberam. — Quando a Lu terminar a faculdade.

— Mas tem mais — disse Luana. Ela encarou os amigos nos olhos por um tempo antes de prosseguir: — Vocês estavam lá desde o começo, especialmente você, Gabs... — Gabriel sorriu para a amiga. — Então eu queria convidar vocês três para serem nossos padrinhos e madrinha na cerimônia.

Melissa soltou outro grito de alegria e abraçou Luana, com lágrimas nos olhos.

— Já estava achando que você não ia chamar a gente. — Ela passou as costas das mãos nos olhos, secando as lágrimas, que não chegaram a cair.

— Vocês aceitam? — Luana olhou para eles, afastando-se de Melissa, mas ainda segurando as mãos dela.

— Mas é claro! — Gabriel abraçou a amiga. — Será uma honra.

— Claro! — disse Alan. — Não é todo dia que a gente pode casar duas fãs de Xena.

Continuaram conversando e se divertindo em meio às gargalhadas. Gabriel pegou um petisco na mesa, sem perceber que um sorriso tinha grudado em seu rosto. Os amigos riam e jogavam conversa fora, Melissa já estava fazendo planos para o casamento, falando de decoração, roupas e da cerimônia. Gabriel ficou tão distraído olhando as expressões alegres nos rostos de todo mundo que nem prestou atenção no que diziam. Ficou olhando para Alan por alguns segundos, absorvendo cada detalhe de seu rosto. Os olhos verdes mais brilhantes do que nunca, os fios ruivos combinando com as sardas discretas em sua pele, mas o melhor: a felicidade estampada em seu semblante. Não ouviu o que ele disse, só percebeu o movimento de seus lábios — aqueles lábios que ele amava sentir —, e então as meninas explodiram em gargalhadas.

— Não é, Gabs? — Alan virou-se para ele, ainda rindo. Gabriel nem se deu ao trabalho de querer saber do que riam, apenas assentiu e puxou o namorado pela nuca para um beijo. Não conseguia ficar nem mais um minuto longe de sua boca.

Os pais de Luana e Gertrudes juntaram-se ao pessoal na sala logo que Gabriel e Alan se afastaram, os olhares ainda presos um no outro. Jantaram juntos, beberam, riram e esperaram a virada do ano. Gabriel falou pouco durante o jantar, mas não porque não estivesse satisfeito. Pelo contrário, sentia-se tão bem que só queria absorver cada detalhe daquela noite perfeita. Alan ao seu lado direito, a avó na ponta da mesa à sua esquerda. Melissa, Luana e Juliana à sua frente, do outro lado. Os pais de Luana lado a lado na outra ponta. Todos comiam e conversavam, e não faltava um sorriso ali.

Gabriel olhou para a avó, e a viu cobrindo a boca com uma mão, rindo descontroladamente de alguma coisa muito engraçada que Alan dissera. Luana e Melissa lançavam ao garoto um olhar reprovador, mas também achando graça. Ele devia ter dito algo inapropriado para a senhora.

— Acreditem — Dona Gertrudes levantou uma mão ao falar —, eu já fiz coisa muito pior na idade de vocês.

Não houve uma pessoa que segurou o riso. Gabriel nem sabia exatamente do que falavam, mas captou a alegria no ar e riu também, mais por estar se sentindo acolhido e realizado do que por ter acompanhado a piada.

Mais tarde, assistiram aos fogos no gramado em frente ao casarão.

Gabriel observou as amigas, o namorado e a avó, todos felizes e unidos. Embora muita gente insistisse em dizer que uma família era formada por pai, mãe e filhos, ele nunca teve tanta certeza de que todas essas pessoas estavam erradas.

A dele estava ali, e era essa diversidade que a fazia mais forte. Ele colocou um braço ao redor dos ombros da avó e o outro na cintura do namorado, permanecendo no meio deles enquanto os fogos anunciavam a chegada de mais um ano.

✖ ✖ ✖

Os últimos períodos da faculdade foram tão corridos que Gabriel mal percebeu a passagem do tempo. Logo no início do último ano, ele conseguiu um estágio e saiu do emprego no café, feliz por finalmente começar a atuar na sua área. Os amigos também começaram a estagiar, e Alan estava fazendo parte de um projeto de atendimento à comunidade que a própria faculdade oferecia.

Gabriel sentia-se outra pessoa desde que começara a faculdade. Embora poucos anos tivessem passado, para ele fora como uma vida inteira, tantas eram as coisas que tinham acontecido desde então. Para finalizar aquele ciclo e iniciar um novo, o casamento de Luana e Juliana estava cada dia mais próximo.

Luana estava surtando. Além do trabalho final, precisava se preocupar com todos os detalhes da cerimônia que ocorreria em poucos meses. Mesmo Juliana já tendo se formado no ano anterior, pois o curso dela era mais curto, as duas estavam tão preocupadas quanto empolgadas.

— Relaxa, amiga — Melissa tentou acalmá-la. Estavam sentadas na praça de alimentação no térreo do câmpus. — Já está tudo certo com o lugar, não é?

— Sim. — Luana suspirou, exasperada. — Mas ainda tem minha roupa, meus votos e tudo mais. E ainda preciso terminar o TCC. Acho que vou surtar.

— Você acha que a Xena ia surtar só por causa disso? — interpôs Alan, encarando a amiga com a cabeça meio inclinada, num gesto que dizia "é sério?".

— Não tô brincando, Alan. — respondeu Luana, mas abriu um sorriso para ele.

— Se você não marcou nada, vamos escolher sua roupa nesse fim de semana — ofereceu Melissa, segurando a mão de Luana.

— Boa sorte com isso. — Alan tomou um gole de chá gelado e colocou-se de pé. — Isso não é função do padrinho, né? Quer dizer, eu preciso ir junto escolher?

Melissa balançou a cabeça em negação, revirando os olhos.

— Relaxa, cara — disse ela. — A gente dá conta. Você entende alguma coisa de casamento?

Alan olhou para Gabriel, que observava tudo calado, e balançou a cabeça.

— Sei que as pessoas se casam, as outras dão presentes e é isso.

— Vamos pra aula antes que a gente se atrase — disse Gabriel. Levantou, pegando o namorado pela mão, e os quatro se afastaram da mesa, passando por entre outros alunos e deixando o burburinho da praça de alimentação para trás.

✖ ✖ ✖

O sol estava alto no céu azul cheio de nuvens que mais pareciam algodão-doce. A canção das marolas ecoava pelo ar quando elas quebravam na areia, tão clara que era quase branca.

A brisa trazia consigo o cheiro do mar. Ela passava pela estrutura montada em meio à praia, que serviria como altar. No pequeno deque de madeira, havia um arco de ferro branco todo ornamentado com flores e ervas que se enrodilhavam em toda sua extensão. Ali também havia uma mesa com uma toalha branca e, um pouco além, na areia, as cadeiras estavam divididas em dois blocos, deixando um corredor no meio.

Os convidados iam chegando aos poucos, descendo descalços ou com calçados leves pela areia clara. Em poucos minutos, as cadeiras estavam lotadas de familiares e amigos das noivas. Gertrudes estava na primeira fileira, emanando sua alegria habitual e usando um vestido branco que combinava com as sandálias da mesma cor.

Uma mulher alta e com um lenço florido ornando os cabelos crespos e escuros subiu no deque, postando-se próxima à mesa e abaixo do arco rodeado de verde e flores coloridas. Ela pegou o microfone em cima de um móvel e anunciou o início da cerimônia. Das duas caixas de som nos cantos do deque, atrás do arco, começou a tocar uma música instrumental.

Os padrinhos atravessaram o corredor entre os convidados. Os de Juliana primeiro, parando do lado esquerdo do altar. Então veio Melissa, acompanhada de um sobrinho de Luana, que era praticamente a versão masculina da tia. Os mesmos olhos, a mesma cor de cabelo e tão alto quanto.

Gabriel surgiu no fim do corredor, usando camisa e calça brancas feitas de um tecido leve e fresco. Ao seu lado, com o braço entrelaçado no dele, Alan vestia-se do mesmo modo, ambos descalços. Eles começaram a se aproximar do altar.

Gertrudes virou-se para observar o neto, já chorando de emoção ao vê-lo tão feliz. Se ela estava assim só de vê-lo como padrinho, imagina quando fosse o casamento dele! Ela sorriu e limpou uma lágrima com o lenço que tinha nas mãos.

Alan e Gabriel postaram-se no lado direito do altar, perto de Melissa e seu par. Luana foi trazida pelo pai. Ela usava um vestido branco e uma coroa de flores da mesma cor. Seu sorriso, mais radiante do que nunca, denunciava sua felicidade. Depois de deixá-la, o pai se sentou na primeira fileira, ao lado da esposa.

Foi a vez de Juliana entrar acompanhada pela mãe, uma senhora de cabelos escuros e ondulados da mesma altura que a filha. Com exceção da coroa de flores, Juliana estava vestida como Luana. Em vez da coroa, ela tinha uma pulseira feita do mesmo material no pulso direito.

Quando sua mãe se sentou, também na primeira fileira, Luana e Juliana se olhavam, sorrindo uma para a outra. Gabriel observava os convidados, ainda segurando a mão de Alan. Viu a avó limpando as lágrimas e sorriu para ela, que acenou para ele e colocou a mão no coração, num gesto de carinho.

A cerimonialista começou a falar:

— Cada casamento que eu realizo é uma emoção diferente. E olha que já realizei muitos. — Ela sorriu para as noivas, todos escutavam em silêncio. Agora a trilha sonora era apenas o som das ondas quebrando na areia e o vento espalhando o cheiro da maresia. — Mas quando conheci essas duas noivas, vi que havia algo a mais aqui. O amor delas é tão grande que pode ser visto no jeito como se olham.

Luana e Juliana seguravam as mãos uma da outra, encarando-se com um sorriso estampado no rosto.

— Também vejo o amor de vocês espalhado em todas essas pessoas aqui hoje — continuou a cerimonialista, apontando a mão em direção à plateia. — Vejo como elas estão contentes por participarem desse momento. Vejo que vocês são uma família repleta de amor.

A condutora da cerimônia virou para os padrinhos, correndo os olhos por todos eles. Gabriel teve a impressão de que o olhar dela se demorou um segundo a mais nele e em Alan. Apertaram as mãos um do outro, sorrindo para ela.

— Independentemente de qualquer coisa e acima de tudo, essa união já está abençoada, pois o amor está em todos os lados.

Depois, foi a vez das noivas fazerem seus votos. Luana, emocionada, pegou o microfone. Respirando fundo e segurando as lágrimas, ela começou:

— Você me chamou atenção desde a primeira vez que te vi. Como eu podia deixar passar uma fã de Xena assim como eu? — Risos ecoaram entre padrinhos, madrinhas e convidados. — Eu tive a certeza de que você era a mulher da minha vida desde o nosso primeiro beijo. Por você eu enfrento o mundo inteiro, se for preciso. Eu viajo a pé por todo o país, se isso significar que a gente vai ficar juntas. — Ela suspirou, tomando fôlego e controlando a vontade de chorar. Sua voz falhou um pouco. — Eu nunca estive tão grata por ter dado errado com outras pessoas. Todas elas deram errado porque era com você que eu daria certo.

Com um sorriso enorme, Juliana pegou o microfone, pronta para dizer seus votos.

— Eu nunca achei que teria chances com você — começou, e a plateia riu de novo. — Achei que você nunca olharia para mim, mas os deuses atenderam ao meu pedido e colocaram você na minha vida. Você é a pessoa mais linda, mais inteligente e mais carinhosa que já conheci. Eu quero ser a sua Xena, e quero que você seja a minha Gabrielle para o resto de nossas vidas.

Sob os sorrisos e as lágrimas dos convidados, a cerimonialista retomou a fala.

— Acho que isso já diz tudo, né? — Apontou as mãos para as noivas. — Mas preciso perguntar. Juliana, você aceita Luana como sua esposa? — Depois da confirmação de Juliana, continuou: — Luana, você também aceita Juliana como sua esposa? — Depois do sim de Luana, ela finalmente disse: — Eu as declaro, então, casadas!

A plateia explodiu em aplausos. Enquanto todos se colocavam de pé, Luana e Juliana beijaram-se apaixonadas, sob gritos e assobios dos amigos e da família, que celebraram a união com entusiasmo.

A festa ocorreu num resort perto da praia. Uma dupla de cantoras jovens fez um show, e as bebidas eram servidas o tempo todo no bar decorado em estilo havaiano. Aquele fim de tarde e aquela noite ficaram na memória de todos os presentes.

Gabriel dançou muito, bebeu e se divertiu como nunca. Estar na presença de todas as pessoas de que gostava num momento tão feliz o fez transcender. Podia até culpar a bebida por tal comportamento, mas isso não importava. Só o que importava era a alegria que corria por suas veias.

As cantoras embalaram numa música mais lenta de Nando Reis e Roberta Campos. Os casais tomaram a pista de dança para passos mais calmos. Alan puxou o namorado pela cintura, e os dois colaram o corpo um no outro, dançando no ritmo da música.

Não consigo olhar no fundo dos seus olhos
E enxergar as coisas que me deixam no ar, deixam no ar
As várias fases, estações que me levam com o vento
E o pensamento, bem devagar

Seus rostos aproximaram-se quase que automaticamente. As testas se colaram e eles ficaram dançando ali por algum tempo, olhando-se nos olhos, o castanho encontrando o verde, as respirações se embrenhando entre suas bocas.

Olhe bem no fundo dos meus olhos
E sinta a emoção que nascerá quando você me olhar
O universo conspira a nosso favor
A consequência do destino é o amor
Pra sempre vou te amar

Seus lábios foram atraídos como se fossem ímãs. Encontraram-se como dois mundos colidindo. O impacto fez Gabriel estremecer em todas as partes do corpo. A energia que o envolveu lhe trouxe uma calma profunda e, ali, ele teve certeza de que queria ter Alan para sempre. Tudo ficou em câmera lenta, somente eles se moviam normalmente.

A respiração de Gabriel diminuiu aos poucos com o mundo ao redor. Alan e ele descolaram os lábios, e seus olhares se encontraram de novo.

Mas talvez, você não entenda
Essa coisa de fazer o mundo acreditar
Que meu amor não será passageiro
Te amarei de janeiro a janeiro
Até o mundo acabar

— Dá até vontade de casar, né? — Alan colocou a mão no rosto de Gabriel, acariciando a bochecha dele com o polegar.

Gabriel inclinou a cabeça, sentindo o toque no rosto e respirando profundamente. Com as duas mãos, segurou a cabeça de Alan, sem tirar os olhos dos dele.

— Eu não quero te perder.

— Você não vai — confirmou Alan, com um sorriso que iluminou o mundo de Gabriel.

— Como disse a música: vou te amar até o mundo acabar.

— Eu te amo. — Os olhos de Alan brilharam, autenticando as palavras que saíram de sua boca. — De janeiro a janeiro.

— Eu também te amo. — Gabriel puxou o rosto de Alan para perto do seu. — Muito. Até o mundo acabar.

Deram um beijo lento, apaixonado. A música terminou e outra começou, mas eles permaneceram ali, alheios às outras pessoas que dançavam ao seu redor. Gertrudes os olhava de longe, sentada à mesa, com o coração cheio de felicidade vendo o neto e Alan. Ela suspirou, sentindo-se em paz.

Ah, se aqueles três soubessem o que estava por vir... Um iceberg no meio daquele mar calmo despontava ao longe e eles nem imaginavam.

Lucas

Ele acordou de súbito e pôde jurar que ainda ouvia o nome ecoando pelo quarto escuro. Um nome que não ouvia havia muito tempo.

Olhou assustado ao redor, enxergando apenas o contorno dos móveis. O quarto estava vazio, assim como sua vida. Fazia muito tempo que não ouvia aquela voz chamando-o, falando com ele, mas no sonho que acabara de ter fora exatamente do jeito que lembrava.

Pegou o celular na mesa de cabeceira para checar o horário. Eram 4h40 da manhã. Só teria que levantar por volta das sete, então virou-se para o lado e se enrolou nos lençóis para tentar dormir de novo. Só que não conseguiu.

O sonho revirava na sua mente. Embora tivesse acabado de tê-lo, os detalhes já lhe fugiam. Sabia que estava em um lugar repleto de gente, muitas delas conhecidas. Não conseguia saber quem eram, mas tinha certeza de que as conhecia. Depois, lembrava-se de ouvir a voz chamando — vozes, na verdade. Parando para pensar, eram eles dois. As duas pessoas com quem mais se importara em toda a vida, que agora nada mais eram do que recordações.

Evitava pensar naquelas pessoas, para que os sentimentos não viessem à tona como estavam vindo nessa madrugada. Isso fazia com que o Lucas do passado aflorasse outra vez, e era exatamente isso que ele não queria. Não queria se importar, não queria sofrer, não queria sentir. A dor cicatrizada e escondida nos muros que erguera ao redor de si não o incomodava havia muito tempo, e não tinha a menor intenção de voltar a senti-la outra vez.

Mas aquelas vozes no sonho... Os olhos marejaram ao lembrar-se do som tão vívido, tão real. Lucas se repreendeu mentalmente e esfregou os olhos com as costas das mãos, depois se levantou e foi até o banheiro lavar o rosto.

Encarou o reflexo sem camisa no espelho, os cachos bagunçados, o olhar profundo, solitário e perdido. Perdido assim como o rumo de sua vida sentimental e de sua saúde mental.

Lucas voltou à cama outra vez, olhando ao redor do quarto, como se esperasse encontrar os donos das vozes do sonho. O que faria se isso fosse possível? E se ainda os tivesse? Será que as coisas teriam enveredado por outro caminho? O seu antigo eu ainda estaria mais presente do que aquele personagem que criara para proteger a si mesmo?

Os pensamentos o assombraram tanto que ele não conseguiu voltar a dormir. Revirou-se na cama, mas o sono tinha fugido de vez. Quase que de modo involuntário, como se o seu corpo tivesse vontade própria, levantou-se e começou a se vestir.

Moveu-se como um robô programado. Talvez fosse pelo horário, ou porque seu cérebro estava tão mexido com o sonho que lhe perturbava, mas ele não prestava atenção nos seus movimentos, apenas os executava.

Colocou uma calça de moletom leve e uma camiseta preta antes de deixar o dormitório e seguir para a sala. Pegou a chave do carro em cima do balcão e saiu.

O hall estava silencioso. Esperou pelo elevador ao lado de um vaso grande de espada-de-são-jorge que decorava o lugar. Observou o céu escuro da madrugada por uma janela. Tão escuro quanto naquela noite em que tudo acontecera.

As portas do elevador abriram-se à sua frente, e Lucas entrou. Confinado na caixa metálica, respirou fundo, encarando o painel com o número dos andares, o olhar vago, os pensamentos distantes. Em poucos minutos, estava dentro de seu carro, dirigindo madrugada afora pela cidade de São Paulo.

Uma leve brisa entrava pela janela, acariciando sua pele e balançando seus cabelos. Lucas fez o caminho automaticamente, percorrendo as ruas da cidade de que tanto gostava, mas que também lhe trouxera traumas e memórias que preferia esquecer.

Quando parou o veículo, percebeu que estava em uma rua conhecida. Lembrava-se perfeitamente bem da última vez que estivera ali, muito tempo atrás. Desde que tudo acontecera, não teve a coragem de voltar e enfrentar seus demônios. Eles tinham nascido naquela mesma calçada.

Através da janela de seu carro, parado na rua residencial silenciosa, Lucas observou a fachada da casa de dois andares. Todas as luzes apagadas, quase como se estivesse abandonada. Seu pensamento voltou para as vezes em que estivera lá dentro, lembrando-se das boas memórias que tinham se formado lá. Desviou o olhar, tentando espantá-las. Não podia se deixar sentir falta. Eram seu ponto fraco. Se pensasse muito nelas, estaria vulnerável à dor e ao sofrimento.

Virou a cabeça para a calçada em frente ao portão da casa e ficou olhando o concreto por alguns minutos. O coração acelerou, mas ele respirou fundo, tentando se acalmar.

Às vezes, desejava que a vida fosse fácil como num filme. Desejava que existisse algum tipo de mágica ou tecnologia que fosse capaz de apagar certas lembranças. Se pudesse, apagaria todo o seu passado, as partes boas e as ruins, sem distinção. Elas o tornavam uma pessoa que ele não queria ser. Alguém que se importava e sofria. E Lucas não tinha mais espaço dentro de si para nenhuma das duas opções. Era mais fácil passar pela vida de modo neutro.

Mas, então, por que estava parado naquela rua mesmo depois de tanto tempo? Alguma parte dentro da sua muralha interior o levara até ali, para reviver os acontecimentos daquela noite. Aquela noite que fora o estopim para todo o resto. A avalanche que viera depois de tudo o transformou completamente.

As vozes de seu sonho ecoaram em sua mente outra vez, como um aviso de que estava se embrenhando em terreno perigoso. Ao ouvi-las, passado e presente se fundiram, e Lucas pensou em Felipe. Em seus olhos azuis, sua pele macia, na textura de seus cabelos, na sua voz tão perto de seu ouvido quando estavam juntos, nos seus lábios e no sorriso perfeito. Da última vez em que tivera pensamentos semelhantes com outro homem, as coisas não tinham dado muito certo. Não queria — não podia! — se enveredar por aquele caminho outra vez. Pela sua própria sanidade.

Levantou o olhar da calçada para a casa, percebendo o céu clareando aos poucos. Uma luz se acendeu em uma das janelas no segundo andar. Estavam acordando. Era melhor que saísse dali antes que alguém o visse. Não estava a fim de revisitar aquela parte de seu passado. Nem agora nem nunca.

Soltando um longo suspiro, Lucas voltou a si. Vestiu a máscara de todos os dias, fortaleceu os muros e trancafiou os traumas em suas caixas. Deu partida no carro e seguiu.

Precisava continuar a vida. Do seu próprio modo.

Alan

O ano que se seguiu ao casamento de Luana e Juliana foi bastante produtivo. Gabriel passou a atender em uma clínica e, com o salário melhor que o de um estagiário, começou a guardar dinheiro para — num futuro próximo, ele esperava — abrir a sua própria.

Alan conciliou a pós-graduação com um emprego em outra clínica, que conseguiu graças a uma indicação de Melissa, pois decidira que queria dar aula de psicologia na universidade.

Luana, por sua vez, ganhou de presente dos pais seu próprio consultório para atender os pacientes que vinha conquistando desde o estágio.

Já Gertrudes estava cada vez mais engajada nos encontros com o Mães pela Diversidade. A cada reunião de que participava, voltava ainda mais animada dividindo as novidades com o neto. Gabriel mesmo já participara de alguns encontros com ela e se emocionara com o depoimento de pessoas LGBTQIA+ e seus familiares.

Com o grupo, participou também de protestos em favor da lei contra LGBTfobia, de paradas do orgulho LGBTQIA+ e de palestras. Gabriel acompanhava a avó, da qual sentia tanto orgulho que mal cabia no peito.

Alan já fazia parte da família de Gabriel, sempre muito bem acolhido por Gertrudes. Com a convivência, percebia cada vez mais a mulher incrível que era e o motivo de Gabriel gostar tanto dela. Ela não media esforços para ver o neto feliz, e Alan nunca tinha visto alguém daquela idade com uma mente tão aberta. Dona Gertrudes era o exemplo vivo de que idade não era desculpa para ser preconceituosa.

Gabriel também era muito bem recebido pelos pais de Alan. O casal tratava o garoto com o mesmo carinho que tinham pelo filho, e ele chegava até a se emocionar de vez em quando, lembrando que seus próprios pais nem sequer falavam com ele por conta da sua sexualidade. Mas, colocando isso de lado, sentia-se cada vez mais feliz com o namorado. Sempre que possível, faziam viagens juntos e passavam os fins de semana na casa um do outro.

Em uma segunda-feira que sucedeu um desses finais de semana, Gabriel acordou na cama de Alan, enrolado nos lençóis brancos e com a luz do sol invadindo o quarto. Os raios passavam pela escrivaninha de madeira até chegarem aos pés dos dois, que agora se enrodilhavam um no do outro.

— Bom dia. — Gabriel beijou Alan e acariciou o cabelo dele.

Acariciando os cachos de Gabriel, Alan retribuiu o beijo e abriu os olhos sonolentos.

— Você me irrita às vezes, sabia? — disse, sorrindo. Ao ter uma expressão confusa como resposta, continuou: — Como você consegue acordar lindo desse jeito? Nem acredito que tenho você aqui, na minha cama, comigo.

— Bobo. — Gabriel deu um tapa de leve no braço desnudo de Alan e apertou-o num abraço entre os lençóis, sentindo seu calor e seu cheiro. Um cheiro que queria sentir todos os dias ao acordar. Fechou os olhos e inspirou, inalando profundamente antes de soltar o ar de uma única vez.

— Eu te amo, mas sua beleza me dá raiva. — Alan também o apertou contra seu corpo, mordendo a orelha dele de leve. Os dois ficaram rindo e brincando na cama por mais alguns minutos antes de se levantarem para o café da manhã.

× × ×

Depois de comerem, aproveitaram que tinham a casa somente para eles (os pais de Alan estavam viajando e só voltariam no final da semana) e entraram juntos no chuveiro.

Com a água caindo sobre a cabeça, beijaram-se ali mesmo, os cabelos colando na testa, os lábios encontrando-se e espalhando milhares de explosões pelo corpo. Alan colocou Gabriel virado para a parede, abraçando-o por trás e beijando o pescoço, a orelha e os ombros dele. Puxou seu rosto para o lado e as bocas uniram-se outra vez. Gabriel levantou um braço e segurou Alan pela nuca, sentindo o calor e a água morna aquecendo sua pele.

Pouco tempo depois, ofegante, Gabriel virou-se para encarar o namorado e o puxou para si, segurando-o no alto. Alan enrodilhou as pernas ao redor da cintura dele, fechando os pés na base das costas de Gabriel. Beijaram-se como se nunca mais fossem se ver, as mãos percorrendo o corpo um do outro, as bocas explorando cada canto possível.

Por fim, terminaram o banho ofegantes e satisfeitos, sorrindo e amando-se como se não houvesse amanhã. Vestiram-se e logo saíram para o trabalho.

Em frente à casa, Alan primeiro depositou um beijo nos lábios do namorado e depois fez o mesmo em sua testa.

Gabriel sorriu, abraçou-o e cada um seguiu para um lado. Enquanto andava, ele tocou a testa com os dedos, sentindo ali todo o amor que Alan deixara naquele gesto tão singelo.

✕ ✕ ✕

Alan só tinha aula na pós-graduação às terças e quintas, por isso quando saiu do trabalho na noite daquela segunda-feira, foi direto para casa. Enviou uma mensagem a Gabriel avisando que estava indo embora no momento em que subia no ônibus. Gabriel respondeu praticamente no mesmo instante:

Gabriel: *Eu já estou terminando aqui, e vou pra sua casa. Esqueci meu carregador lá.*
Alan: *Esqueceu nada, é só uma desculpa pra dormir comigo de novo que eu sei.*

Guardou o celular no bolso, rindo. Toda vez que via Gabriel, era como se fosse a primeira vez. A mesma ansiedade. A euforia, a vontade de ficar junto dele e nunca mais largá-lo. Alan nunca tinha sentido isso por ninguém. O que tinha com Gabriel era algo novo e maravilhoso, algo que queria ter pelo resto da vida.

O ônibus parou no seu ponto, e Alan desceu. Apressou o passo na rua deserta ao ver que os postes estavam apagados. De novo. De vez em quando eles não funcionavam, e a prefeitura nunca dava um jeito naquilo.

Alan olhou para trás e viu três rapazes encostados no muro de um depósito na esquina, fechado àquela hora. Eles perceberam que Alan estava olhando e cutucaram um ao outro, dizendo coisas que àquela distância Alan não conseguia escutar.

Começou a andar ainda mais rápido ao perceber que os três caras começaram a andar em sua direção. Alan torcia para seu pressentimento estar errado, mas temeu que os homens estivessem seguindo-o. Um deles usava um soco-inglês encaixado entre seus dedos. Outro, escondia um taco de beisebol atrás das costas. Com a respiração ofegante, estava a ponto de correr quando ouviu um dos perseguidores falar:

— Ei, mano, peraí que a gente quer levar um papo contigo.

Alan ignorou e o alarme em sua mente começou a soar, mandando-o correr. Suas pernas obedeceram, dando as passadas mais largas que podiam, a brisa da noite de verão batendo em seu rosto.

Com gritos de protesto, os três perseguidores dispararam atrás de Alan, agora sem tentar esconder as armas. O primeiro ajeitou o soco-inglês nos dedos; o segundo empunhou o taco firmemente; e o terceiro tirou um canivete do bolso, acionando-o com o polegar.

Alan correu o mais rápido que pôde, procurando as chaves de casa no bolso sem diminuir a velocidade. Precisava entrar e se trancar o mais rápido possível. Ligaria para a polícia e diria para Gabriel não ir à sua casa naquela noite, pois poderia encontrar aqueles três doidos que gritavam atrás dele na rua escura e deserta.

Encontrou o chaveiro no bolso e o puxou com tanto desespero que ele escapuliu, caindo com um som metálico no concreto.

— Porra! — Alan abaixou-se para pegar, as mãos tremendo, e a distância entre ele e seus perseguidores diminuiu. Levantou-se o mais rápido que pôde e voltou a correr, os músculos da perna queimando.

Virou a esquina e finalmente entrou na rua da sua casa. Mais alguns passos e chegaria. Parou ofegante em frente ao portão de madeira e, com dificuldade, encontrou a chave certa. Enfiou-a na fechadura depois de algumas tentativas, devido à tremedeira das mãos. Quando ia girá-la, sentiu um puxão na camiseta e foi jogado para o lado, batendo contra o muro de seu quintal.

Agora que estava perto de seus perseguidores, podia ver o rosto de cada um deles. Não eram muito mais velhos que Alan, mas tinham um ódio no olhar que causou arrepios por todo o seu corpo. O que tinha o soco-inglês estava no meio dos outros dois — e fora ele o responsável por puxar Alan e jogá-lo para o lado.

— Tá com medo por quê, hein, sua bicha? — Ele acariciava o soco-inglês de um jeito ameaçador.

— Tem medo de homem, é? — emendou o segundo, segurando o taco de beisebol e encarando Alan com o cenho franzido.

— A gente tá de olho em você já tem um tempo — disse o terceiro, erguendo o canivete na mão esquerda na altura dos olhos de Alan, que se encolheu, assustado. — Fica aí de viadagem com aquele outro baitola.

Alan segurou as lágrimas. Se ele demonstrasse fraqueza, aqueles malucos poderiam ficar ainda mais perigosos.

— Por favor, só me deixem ir — pediu, a voz trêmula entregando todo seu pavor.

— Não antes de te ensinar a ser homem. — disse o líder do trio. Ele puxou Alan pela gola da camiseta e o trouxe perto do rosto. Alan sentiu a respiração e o mau hálito dele, de tão perto que estava. Então foi jogado como uma bola num jogo. O segundo o segurou, impedindo que caísse, e o empurrou na direção do terceiro, que desviou, mas colocou um pé no caminho, fazendo Alan tropeçar. Estavam brincando com ele. Não podia deixar que fizessem aquilo.

Apoiou-se nas palmas raladas por tentar evitar a queda e colocou-se de pé o mais rápido que pôde, pronto para correr novamente, mas um impacto nas costas o derrubou outra vez, deixando-o sem ar por alguns instantes.

Enquanto tentava recuperar o fôlego, os olhos arregalados de medo, Alan virou-se e viu o rapaz com o bastão rindo, orgulhoso do golpe que havia desferido.

— P... Por... — Teve dificuldades para pedir piedade. Não conseguiu mais segurar as lágrimas, e elas rolaram pelo rosto amedrontado.

— Devia ter pensado nisso antes de virar uma bicha. — disse o rapaz do soco-inglês, puxando Alan para cima e jogando-o com violência contra a parede da própria casa. — Sabe o que eu acho que devia acontecer com essas bichas?

Alan balançou a cabeça, chorando, sem conseguir falar.

— Sabe, Cleiton? — O agressor, ainda o segurando pelo colarinho, olhou para trás.

O colega com o taco respondeu:

— Elas devem apanhar. O que você acha, Ricardo?

O terceiro, o do canivete, deu um passo à frente. Eles cercaram o rapaz acuado contra o muro.

— Eu acho que apanhar ainda é pouco. — disse, passando o dedo na lâmina de leve. — Precisam ser eliminados, essas pragas.

O choque chegou tão repentino que Alan não percebeu o soco-inglês atingir seu rosto. Só ouviu o barulho do objeto chocando-se na mandíbula.

O impacto o deixou tão desorientado que ele cambaleou e caiu na calçada, levando os braços em frente aos olhos para se defender de qualquer golpe que pudesse vir em seguida.

Ricardo, o do canivete, ergueu a mão, e os outros agressores se afastaram. Ele colocou uma perna de cada lado de Alan e o rolou, obrigando-o a olhar para cima. Agachou-se e puxou os braços de Alan, forçando-o a encará-lo com seu rosto machucado com um filete de sangue escorrendo pelo nariz.

— Eu quero que você se lembre disso na próxima vez que pensar em fazer viadagem na rua!

Ele inclinou-se e apertou o canivete contra o rosto de Alan, forçando a ponta na pele já machucada dele. Alan gritou de dor enquanto Ricardo abria um corte na região.

— Bora! — O líder, cujo soco-inglês estava sujo com o sangue de Alan, puxou Ricardo. — Deixa ele estrebuchando aí.

Ricardo acompanhou o colega e começou a se afastar, mas Cleiton ainda ficou encarando Alan.

— Deixa eu só finalizar aqui.

O sorriso em seu rosto parecia o de um demônio saído do inferno quando ele ergueu o taco novamente para, em seguida, descê-lo com toda a força contra a cabeça de Alan.

A visão já embaçada falhou. E a escuridão o engoliu.

Lucas

— A gente vai se encontrar lá?

Amora estava diante de Lucas, no consultório dele. Lucas estava sentado atrás de sua mesa, e Amora tomava uma xícara de café que a recepcionista acabara de servir.

— Onde? — Ele segurou a própria xícara e encarou Amora, como se tivesse acabado de perceber que ela estava ali.

— Você tá no mesmo planeta que eu? — Ela estalou os dedos no ar. — Estou falando do congresso anual que sempre acontece ali no espaço de eventos do shopping Frei Caneca.

Lucas tinha desligado enquanto ela falava, seus pensamentos voltando para o sonho que tivera na noite anterior. Estava tendo dificuldades para esquecê-lo. As vozes...

Pensou em contar tudo para Amora, mas narrar o que vira poderia ser perigoso e trazer mais lembranças que preferia esquecer — ou deixá-las no fundo da mente.

— Eu já me inscrevi — respondeu ele, por fim, pousando novamente a xícara na mesa. Ir ao congresso do qual falavam significava encontrar um pouco mais de seu passado, mas nada tão grave quanto relembrar as vozes no sonho.

Como que lendo a mente de Lucas, Amora inclinou-se na cadeira e tocou a mão dele, dizendo:

— Semana que vem tem um protesto. — Ela o encarava com os olhos brilhando, quase que emocionados. Aquele olhar carregava uma grande história e não foi preciso dizer muito para que Lucas entendesse qual protesto era.

— Ele vai estar lá, né? — Lucas pousou a mão sobre a da amiga.

— Será para lembrar que nossa luta não acabou. — Amora apertou mais forte a mão de Lucas, num gesto que dizia que estaria com ele em qualquer situação. — Principalmente agora que estão querendo alterar a lei.

Lucas assentiu, recostando-se na cadeira e respirando fundo. Ele não estava curado, só tinha parado de sangrar. Teve certeza disso ao pensar em tudo.

— Sei que é doloroso para todos nós, principalmente para você — disse Amora —, mas estaremos lá. Todos nós.

Ele preferiria não ter que chegar àquele ponto, mas era necessário. A justiça tinha que ser feita, mesmo que aquilo não fosse curar totalmente seu coração estilhaçado.

Lucas levantou-se e foi até a grande janela do consultório, observando a tarde na cidade de São Paulo dando lugar a um crepúsculo de tons alaranjados. Amora foi até ele, parou ao seu lado, segurou sua mão e, silenciosamente, apoiou a cabeça no seu ombro.

Mesmo que as memórias indesejadas insistissem em assombrá-lo após a visita ao passado durante a madrugada, Lucas sabia que poderia contar com Amora. Os dois permaneceram ali até o sol se pôr completamente, tendo a certeza de que tinham um ao outro independentemente de qualquer coisa.

Gabriel

Quando Alan não respondeu à sua mensagem, Gabriel supôs que ele tivesse chegado em casa e estivesse tomando banho, por isso a demora.

Já haviam se passado mais de vinte minutos desde que ele saíra do trabalho e pegara o ônibus. Ligara para a avó e a avisara que iria dormir com Alan naquela noite e que ela não precisaria esperá-lo.

Ao descer do ônibus, notou que as luzes da rua estavam apagadas. *De novo*, pensou. Mesmo sozinho, Gabriel arriscou pegar o celular para avisar Alan que estava na esquina.

Estou chegando. Abre a porta para mim. <3

A resposta não veio nem quando ele se aproximava do portão. Foi nessa hora que guardou o celular no bolso e percebeu que algo estava errado. Estava escuro e não conseguiu discernir ao certo, mas julgou ver alguém deitado em frente à casa de Alan. Talvez fosse algum morador de rua que se acomodara para passar a noite ali...

Gabriel deu mais alguns passos, a lua sendo a única fonte de luz, e o que viu demorou a fazer sentido em sua mente. No chão havia um líquido escuro, que, a princípio, pensou ser uma poça d'água. Mas como se não tinha chovido?

Mais um passo e a realidade lhe atingiu em cheio, como um soco na boca do estômago.

— Amor...? — A voz saiu rouca e baixa, inaudível até para ele mesmo.

A poça d'água na verdade era o sangue de Alan. O rosto dele estava irreconhecível de tão inchado, o cabelo empapado de sangue, as roupas sujas. Era um verdadeiro pesadelo.

Gabriel caiu de joelhos, as mãos tremendo. Aproximou-as do rosto de Alan, mas não o tocou, temendo machucá-lo ainda mais. Sua visão embaçou por causa das lágrimas que se acumularam nos olhos, escapando logo em seguida para rolar por suas bochechas e se encontrarem novamente no queixo.

— Meu Deus, meu Deus, meu Deus, meu Deus... — Ele não sabia o que fazer. O desespero que dominou seu corpo quase o fez perder os sentidos. Tudo estava girando.

Era tanto sangue. A testa de Alan tinha uma ferida que não parava de escorrer.

Tocou o rosto dele de leve, tingindo as mãos de vermelho, e o virou cuidadosamente. Seus olhos estavam roxos e inchados de tal maneira que não dava para ver se estavam abertos ou fechados.

— Amor, fala comigo... — implorou Gabriel, a voz saindo num gemido sofrido.

Não houve resposta. Ele aproximou o ouvido da narina de Alan e sentiu uma respiração fraca, devagar.

Ainda tremendo, tirou o celular do bolso, sujando o aparelho de sangue, e discou para a emergência. Sentou-se na rua deserta ao lado do namorado caído e esperou, em choque, o socorro chegar.

x x x

Aquela foi a pior e mais longa madrugada de toda sua vida. Ele não saiu do lado de Alan o caminho todo de ambulância até o hospital, mas foi obrigado a deixá-lo quando os médicos o levaram em uma maca para a emergência.

Sentou-se numa cadeira na sala de espera. Havia apenas mais duas pessoas. Ficou ali, encarando o chão com os olhos vidrados. O relógio pendurado na parede próximo à televisão ao lado da recepção marcava nove horas, depois dez, dez e meia...

Gabriel começou a voltar a si aos poucos. Pegou o celular no bolso e ligou para a primeira pessoa que lhe veio à mente naquela hora.

Luana chegou pouco depois, seguida de Juliana. A amiga o viu sentado e correu para Gabriel, puxando-o para um abraço ao sentar ao seu lado.

— Gabs... — Ela acariciou a parte de trás de sua cabeça, e ele a apoiou no ombro dela. Juliana permaneceu de pé ao lado deles. — Alguma notícia?

Gabriel balançou a cabeça, ainda abraçado a Luana.

— Os médicos não saíram desde que a gente chegou.

A porta dupla da entrada de emergência abriu-se repentinamente, e todos — inclusive a mulher idosa e o homem na casa dos quarenta anos que também aguardavam — levantaram o olhar para o médico que estava saindo por ela. Gabriel o reconheceu e levantou-se. Luana ainda tinha as mãos apoiadas em seus ombros.

— Você está acompanhando o Alan, não está?

Gabriel assentiu, e o médico prosseguiu:

— A maioria dos ferimentos já estão sendo tratados. Ele teve uma costela quebrada, mas o que mais me preocupa é a cabeça. Vamos precisar fazer uma craniotomia de emergência.

Luana, Gabriel e Juliana continuaram olhando para ele, sem entender o que aquilo significava. O que quer que fosse, não parecia ser nada bom.

— Tem um inchaço no cérebro devido ao impacto, e precisamos tentar descomprimir o mais rápido possível — explicou o médico. — Ele está sendo encaminhado para a sala de cirurgia nesse momento, e o procedimento pode levar até cinco horas.

Gabriel sentiu Luana firmar o aperto em seus ombros. Seu coração parecia pesar toneladas naquele instante. Não conseguia respirar direito e permaneceu calado.

— Voltarei assim que tiver novidades.

O médico retirou-se, voltando para a porta dupla. Gabriel sentou, apoiou o cotovelo nos joelhos e o rosto nas mãos.

O relógio na parede continuava com seu tique-taque, avisando que o tempo não parava e que cada segundo contava.

✗ ✗ ✗

Luana ofereceu-se para ligar para os pais de Alan e lhes contar a fatalidade, mas Gabriel recusou, dizendo que ele mesmo precisava fazer aquilo. Esfregou os olhos vermelhos antes de se levantar e sair da sala de espera com o celular nas mãos. Foi para o lado de fora e procurou o contato da sogra na agenda.

Voltou alguns minutos depois, cabisbaixo e com o olhar perdido. Luana e Juliana estavam sentadas lado a lado, encarando-o com uma expressão preocupada.

— O que realmente aconteceu? — perguntou Juliana.

— Eu não sei. — A voz de Gabriel era fraca, como se fizesse um grande esforço para responder. — Eu só o encontrei lá, no chão.

As lágrimas acumularam-se nos seus olhos ao lembrar-se de todo o sangue, de Alan machucado.

— Não foi um assalto, não levaram nada dele. — Gabriel ergueu o olhar para as amigas. — Isso foi... — Sua voz fraquejou, e as palavras não saíram.

As duas assentiram, entendendo tudo. Um ato terrível e covarde de alguém mau, que só tinha ódio dentro de si.

— Gabs, pelo amor de Deus. — O grito veio da entrada do hospital, chamando a atenção de Gabriel e das meninas. Melissa vinha apressadamente em sua direção. Ao se aproximar do amigo, jogou a bolsa numa cadeira e o puxou para um abraço apertado. Seu olhar era assustado quando o segurou pelos ombros e afastou-se para encará-lo. — Como ele tá? Como você tá?

Gabriel não conseguiu formular uma resposta. Apenas se sentou, suspirando e apoiando a testa nas mãos outra vez.

— A gente avisou a Mel — disse Luana, tocando o ombro de Gabriel. — O Alan está em cirurgia. Parece que está com um inchaço no cérebro, e estão tentando reverter a situação.

Melissa soltou um gemido de pesar e sentou-se, com as mãos na boca, como se estivesse rezando.

— Vai ficar tudo bem — disse, tentando confortar a si mesma e aos amigos.

✗ ✗ ✗

Cada minuto parecia anos. As horas foram passando, e nenhuma notícia do estado de Alan. Juliana foi na recepção duas vezes nas três horas seguintes, mas a recepcionista dizia que não tinha informações e que precisariam aguardar o médico.

Os pais de Alan haviam recebido a ligação de Gabriel mais cedo, porém, como estavam fora do estado, só conseguiriam pegar um voo na manhã seguinte.

Passava das três da manhã quando o médico retornou com seu jaleco azul de manga curta, a máscara pendurada no pescoço. Ele se aproximou dos quatro jovens, que se colocaram de pé no mesmo instante. Gabriel engoliu em seco e o encarou.

— Eu sinto muito — disse o homem. Ele cruzou as mãos em frente ao corpo. — Tentamos tudo que estava ao nosso alcance, mas o Alan não resistiu. Tivemos que declarar morte cerebral.

Gabriel foi puxado para outra dimensão. Ele não ouviu a explicação das complicações na cirurgia. A voz do médico era um eco longínquo que não fazia sentido. Por um instante, teve a impressão de que suas pernas tinham desaparecido e só não caiu porque Luana passou a mão pelo seu ombro e o amparou.

A sala de espera do hospital girava. Luana o colocou na cadeira e sentou-se ao seu lado. Juliana era a única que acompanhava a explicação do doutor. Melissa estava de pé à sua frente com as mãos na boca, sem acreditar na notícia.

As lágrimas explodiram numa enxurrada repentina. Gabriel não conseguiu conter a avalanche que deslizou pelo rosto, trazendo consigo uma tremedeira involuntária que se espalhou por todo seu corpo. Os soluços vieram em seguida, e ele perdeu o fôlego.

Quando o médico se afastou para deixá-los a sós, Melissa e Luana também choravam, uma segurando a mão da outra. As duas aproximaram-se e envolveram Gabriel num abraço. Ele desmoronou nos braços das amigas, soluçando alto e sentindo o gosto das lágrimas na boca.

Não podia ser verdade. Sugando o ar pelo nariz e fechando os olhos, Gabriel torcia para que estivesse em um sonho e acordasse na cama de Alan, como acordara tantas vezes. Desejou abrir os olhos e encontrar o rosto do namorado com suas sardas e seu cabelo ruivo despenteado. Queria ver o verde de seus olhos e dizer que o amava mais uma vez. Mas quando Gabriel abriu os olhos, estava na sala de espera do hospital, ruindo nos braços de Melissa e Luana, que choravam com ele. Alguém acariciava seus cachos. Tudo que ele queria era desaparecer, para que toda a dor excruciante em seu coração cessasse. Era a pior que já sentira em toda a sua vida.

Todo o brilho, toda a alegria e todo o sentido que havia em viver desapareceram de uma única vez. A graça e a leveza de Alan haviam morrido com ele. Gabriel ficou sem chão, sem rumo e sentiu seu coração despedaçando dentro daquele hospital. Em algum lugar, por trás das portas duplas ali perto, seu namorado estava em uma mesa cirúrgica, imóvel. Sozinho. Morto.

Foi como sentir um pedaço de seu mundo sendo destruído e todas as suas razões para continuar desmoronarem.

Gabriel perdeu tudo naquela madrugada.

Gertrudes

Ele estava arruinado. Não tinha forças para levantar da cama. Cada respiração era como se uma faca muito afiada perfurasse seu peito. Não era justo que Alan tivesse morrido, ainda mais de forma tão covarde e cruel.

A investigação policial não levou a lugar algum, somente à conclusão que todos já esperavam. Fora claramente um caso de homofobia, e os responsáveis pelo ataque continuavam anônimos e foragidos.

Quando conseguia fechar os olhos para dormir, Gabriel revivia os terríveis momentos de espera e tensão no hospital. O médico trazendo a trágica notícia que estraçalhou sua alma, fazendo-o desabar com Luana e Melissa. Nada mais seria o mesmo.

Ele não queria viver. Não tinha mais motivos. Toda a luz de seu mundo fora subitamente apagada, tirada dele por aqueles que só conheciam a maldade, a ignorância e o preconceito.

Não conseguia acreditar que nunca mais veria aquele cabelo ruivo, as sardas, o sorriso, os olhos verdes tão apaixonados pela vida, tão alegres. Nunca mais ouviria as piadas de Alan, nem sentiria seu toque e seu calor, nem o beijaria.

Gabriel soluçava, aos prantos, encolhido na cama em seu quarto, agarrado aos lençóis nos quais o namorado deitara não muitos dias antes. Eles ainda guardavam um resquício de seu cheiro. Um cheiro que logo desapareceria, assim como Alan.

Ele se fora, e Gabriel estava sozinho.

× × ×

Foram necessários alguns dias para que a morte de Alan repercutisse na mídia como mais um caso não resolvido de homofobia.

Gertrudes sentia a dor do neto e estava tão triste quanto ele, fazendo o possível para ajudá-lo a passar pelo inevitável período de luto. Ela e o grupo Mães pela Diversidade estavam organizando uma passeata que pediria justiça para todos os casos de preconceito esquecidos, cujos responsáveis não tinham sido presos. Alan estamparia o rosto desse novo protesto. A justiça tinha que ser feita, casos como aquele nunca mais podiam se repetir.

Gabriel, Luana, Melissa e Juliana seguiam com Gertrudes para o centro da cidade, onde os manifestantes estavam se concentrando. Gabriel não conseguiu conter as lágrimas ao ver tanta gente reunida, com cartazes, camisetas e faixas com o nome e o rosto de Alan.

Luana, Juliana, Melissa e a avó não saíram de seu lado em nenhum momento. Houve discursos pedindo justiça, clamores para que a morte de pessoas LGBTQIA+ chegasse ao fim. O povo gritou em uníssono, levantou faixas e bandeiras com as cores do arco-íris, e Gabriel só conseguia derramar lágrimas.

A passeata passou por diversos pontos da cidade de São Paulo, até que no fim da tarde alcançou a avenida Paulista, terminando no vão do MASP. O espaço aberto fora transformado num memorial. Havia velas espalhadas em todos os lados, flores, fotos e recados de familiares.

Gabriel não reconheceu muitos dos rostos nas fotos, mas soube que eram de outras pessoas que haviam morrido de forma tão injusta quanto a de seu namorado. Transexuais, travestis, gays, lésbicas. Ele ajoelhou-se perto do memorial quando encontrou um canto dedicado a Alan. O rosto sorridente do namorado encarava-o e a saudade apertou tanto que Gabriel achou que não fosse aguentar. Chorou ajoelhado; Gertrudes de pé ao seu lado com a mão em seu ombro, um gesto que o impedia de ruir por completo.

Gabriel viu os pais de Alan não muito longe dali, abraçados e com os olhos vermelhos. O enterro acontecera poucos dias antes e, ali no memorial, ele passava por toda aquela dor novo.

Colocou-se de pé e abraçou a avó, chorando em seu ombro.

— Ah, meu menino — disse ela, acariciando seus cachos. — Eu preferia pegar toda essa dor para mim a ver você sofrendo tanto.

Gabriel afastou-se e a olhou, percebendo que ela chorava também. Ele não teve forças para falar, apenas negou com a cabeça, dizendo que não gostaria de vê-la sofrer.

Mais tarde, voltaram em silêncio para casa. Gertrudes deitou em seu quarto, no escuro, reclamando de uma súbita dor de cabeça, enquanto Gabriel ia para a cozinha em busca de um remédio que pudesse ajudar a avó.

No armário dos remédios, encontrou uma caixa cheia de cartelas e pegou algo para dor de cabeça, e um calmante para ajudá-lo a dormir. Entregou um comprimido e um copo d'água para Gertrudes, que o tomou, agradecendo. Gabriel voltou à cozinha e tomou o calmante, pois só assim conseguiria ter uma noite de paz.

A princípio, deitou-se na própria cama, mas a sensação de solidão começou a invadi-lo ao lembrar-se de que Alan nunca mais deitaria ao seu lado. Levantou-se e caminhou para o quarto de Gertrudes.

— Vó? — sussurrou, abrindo a porta de leve. Viu a silhueta dela mexendo-se na cama para virar-se em sua direção.

— Tá tudo bem? — perguntou ela. Gabriel permaneceu em silêncio, sem saber como responder à pergunta. É claro que não estava tudo bem. Sentiu vontade de chorar de novo. Já estava cansado de chorar o tempo todo, mas não conseguia evitar.

— Eu posso dormir com a senhora hoje? — indagou ele, não se importando em parecer infantil.

Gertrudes sentou com um pouco de dificuldade na cama e bateu de leve no espaço ao seu lado, com um olhar de piedade no rosto, pouco visível por causa da luz fraca.

— Mas é claro, meu amor. Vem cá.

Gabriel enfiou-se nos lençóis, apoiando a cabeça no colo da avó, que começou a acariciar seus cachos. Ele fechou os olhos, suspirando, sentindo o carinho dela.

— A dor de cabeça está melhorando? — perguntou ele.

— Não muito, mas já, já o remédio começa a fazer efeito.

Ficaram em silêncio por um tempo, os dedos de Gertrudes percorrendo os cachos do neto.

— Gabriel — chamou ela, quase num sussurro —, por que você não gosta do seu outro nome?

O efeito do calmante que ele tomara estava começando a aparecer, e o sono quase o dominava. A avó tentava distraí-lo. Ela conseguia não só sentir, mas também enxergar o sofrimento dele toda vez que o olhava. Partia seu coração vê-lo angustiado, quebrado e tão frágil. Lembrava-se do neto mais novo, uma criança pequena que corria alegre pela mesma casa onde estavam. Tudo que ela pensava quando o via era que queria proteger seu netinho de todo e qualquer mal que o mundo era capaz de trazer.

As lembranças de sua infância trouxeram à memória de Gertrudes o outro nome que ele tinha, um nome que Gabriel preferiu não usar à medida que foi se tornando adolescente e depois jovem.

— Não sei — respondeu, a voz saindo arrastada. — Eu só prefiro esse. Acho que soa melhor, e combina com quem eu sou hoje. O outro remete meu pai. Não faz sentido eu usar, ainda mais depois do que ele fez comigo.

Gertrudes balançou a cabeça.

— Eu gosto tanto do outro também — afirmou ela, seus dedos enrolados nos cachos de Gabriel. — Acho que você devia usá-lo de vez em quando, ou então usar os dois ao mesmo tempo.

Gabriel tentou dizer algo em resposta, mas só conseguiu soltar um resmungo inaudível, caindo no sono sem perceber. Com a ajuda do calmante, não teve sonhos, não pensou em Alan e em nenhuma outra coisa, só apagou, e, pela primeira vez desde que perdera o namorado, relaxou um pouco, sua inconsciência vagando sem ser perseguida pelos demônios que começavam a surgir e a transformá-lo.

Mas eles estavam ali, no escuro, à espreita, esperando a última cartada para que pudessem dar o bote e terminar de dilacerar o pobre rapaz.

Gertrudes continuou fazendo carinho no neto, desejando, do fundo de seu coração, que ele se recuperasse. Doía tanto vê-lo triste. Ela fechou os olhos, rezando para que Deus tivesse piedade daquele menino tão bom e de coração tão puro, mas que sofrera tanto na vida. Pediu que ela pudesse estar com ele e ajudá-lo a encontrar a felicidade todos os dias. Clamou em silêncio para a espiritualidade que lhe concedessem mais anos de vida, pelos menos o suficiente para ver Gabriel ficando bem.

Porém, Deus — ou seja lá o que houver além do plano material — não a escutou. Gertrudes caiu no sono sentada mesmo, com o neto dormindo no colo, e nunca mais acordou.

Gabriel despertou na manhã seguinte sentindo como se tivesse sido atropelado por um caminhão. Ele demorou a entender o que estava acontecendo, mas lembrou que estava no quarto da avó, em seu colo. Sentiu a mão dela repousando sobre sua cabeça e a tirou dali lentamente, sentindo-a fria. Ele virou-se e percebeu que a avó dormira sentada. Olhou para o seu rosto plácido, de olhos fechados e com a boca um pouco aberta.

    Ele a chamou baixinho para que ela pudesse se deitar de maneira mais confortável. Mas não obteve resposta. Depois de chamá-la mais algumas vezes, com mais firmeza na voz, percebeu que algo estava errado. Só quando tocou no seu rosto, notou como estava frio. Enquanto a chamava, alarmado, Gabriel a sacudia, mas Gertrudes não reagia. Então, ele colocou o ouvido em seu peito e percebeu que seu coração havia parado de bater. A avó não respirava mais.

    Mais tarde, depois de ligar para a emergência e se desfazer na cama, chorando lágrimas que não tinha, Gabriel descobriu que um aneurisma cerebral estourara durante o sono de Gertrudes e ela morrera pacificamente, sem sentir qualquer coisa.

    Naquele dia, Gabriel terminou de ser dilacerado pelos seus demônios. Nunca, em toda a sua vida, sentir fora tão doloroso. Um rapaz sempre sentimental, que se envolvia fácil, mas que fora rejeitado pelos pais, e tivera diversas decepções amorosas antes de encontrar Alan, finalmente se quebrara para muito além de qualquer conserto.

    A felicidade lhe sorrira algumas vezes. A vida lhe presenteara com a avó, que o amparara e o acolhera; com Alan, que lhe mostrara o que era ser amado e desejado, e com quem vivera os mais lindos momentos. Mas então lhe tirara tudo de uma única vez. Num intervalo de dias, ele perdera tudo. O namorado, a avó e a essência.

    Daquele dia em diante, ele colocou todos os sentimentos atrás de muros dentro de seu peito. Ou ele fazia isso ou então sucumbiria. Fechou os demônios dentro de caixas e os trancafiou no fundo da mente. Trancados, eles não podiam machucá-lo. Se ele não sentisse nada pelas pessoas, seria impossível machucar-se. Não aguentaria mais uma decepção. Ele tinha que criar uma armadura e viver atrás dela, para a sua própria segurança.

Seus sentimentos ficariam enfurnados atrás daqueles muros e ele focaria em seu trabalho. Seria o melhor profissional que conseguisse. Só assim seguiria em frente.

E faria uma última coisa para honrar a memória da tão querida avó. Usaria seu outro nome, o que ela tinha dito gostar tanto, e deixaria o Gabriel para trás, pois ele não existia mais. Aquele jovem sentimental e apegado morrera com Gertrudes e Alan, era apenas uma pessoa que ele não queria mais ser.

Gabriel usaria seu primeiro nome a partir daquela data. Por ser um dos nomes de seu pai, uma das pessoas mais frias que ele conhecia, combinava exatamente com quem ele queria ser a partir dali. Era a escolha perfeita que finalizaria sua mudança e daria início ao seu enclausuramento.

A partir de então, Gabriel decidiu ser chamado apenas de Lucas.

Lucas

Lucas acordou de súbito às 6h32 da manhã. O sonho dessa vez fora mais vívido. Sonho, não. Pesadelo. Sempre evitava relembrar os acontecimentos porque sabia que não aguentaria caso se deixasse ser sugado para aquela sua outra vida de novo. Entretanto, tinha acabado de reviver um dos dias mais tristes de toda a sua existência. O passado o atingira de forma brutal durante a noite. Não ouvira somente as vozes, mas vira seus rostos.

A avó Gertrudes e o então namorado Alan surgiram em sua mente depois de anos tentando apagar as tragédias de seu passado. Já fazia muitos anos desde que os perdera e passara a usar seu primeiro nome. Desde então, ele se transformara dia a dia, até chegar no que era naquele momento: um homem cujos sentimentos mantinha encarcerados e que temia que seu passado se repetisse.

Lucas usara sua carreira como uma distração para conseguir deixar tudo para trás. Conseguira seus pacientes e abrira seu consultório. Estava muito bem consolidado e era um dos profissionais mais exemplares da área. Sua amizade com Luana e Melissa perdurara, mesmo que fosse um pouco menos intensa. Na tentativa de se proteger, acabara afastando um pouco as amigas.

Luana — ou Amora, como Juliana a apelidara ainda na época da faculdade — fora a que mais lutara para que Lucas não se isolasse por completo. E conseguira, tanto que ela logo ia passar na casa de Lucas para que fossem juntos ao congresso de psicologia a que iam todo ano.

Era nesse evento que Lucas sempre via Melissa. Ela ainda era amiga deles, é claro, mas não tivera a mesma paciência de Luana para manter-se próxima de Lucas. Não que eles tivessem se desentendido ou algo parecido, simplesmente haviam se afastado. Quando se encontravam, era como se nada tivesse acontecido. Talvez esse fosse o sentido da verdadeira amizade: não precisavam estar sempre em contato, mas quando estavam nada mudava.

Por volta das 9h, Lucas desceu para encontrar Luana. Dessa vez, ela não estava sozinha: Juliana estava no banco do carona e acenou quando ele entrou no carro. As duas, casadas há quase dez anos, pareciam tão apaixonadas quanto na época em que ele fora padrinho delas.

Tal pensamento trouxe Alan de volta à sua mente. Lembrou-se de dançar com ele, apaixonado, na festa de casamento. Jogou a memória para o fundo da mente, esforçando-se para trancá-la nas caixas de sempre.

— Como vocês estão? — perguntou, fechando a porta do banco de trás ao entrar no veículo. Era melhor puxar assunto antes que alguma das duas notasse sua expressão afetada pelo que o pesadelo tinha causado dentro de si.

— Tudo certo. — Luana deu partida no carro, encarando-o pelo retrovisor. Ela demorou mais do que o normal, e Lucas sentiu-se um pouco incomodado. Conhecendo a amiga, teve certeza de que ela percebera algo, contudo permanecera calada. Uma das coisas de que ele mais gostava nela era sua habilidade em ler as pessoas e respeitar seu tempo. Sentiu uma vontade súbita de dar um abraço nela, mas limitou-se a sorrir discretamente pelo reflexo. — Juliana vai cobrir o evento para transmitir no site do jornal em que ela trabalha.

Alguns minutos depois, chegaram ao saguão de entrada do evento, e Juliana separou-se deles para fazer seu trabalho, mas não sem antes dizer um "tchau, Amora" e dar um beijo na esposa. O espaço aberto — onde havia alguns estandes oferecendo livros, cursos e outros tipos de serviço — estava lotado de pessoas que esperavam o início das palestras. Em um canto, havia uma mesa com café da manhã para que os visitantes se servissem: café, suco, leite, pães e algumas bolachinhas.

Lucas viu os cachos expressivos de longe e a reconheceu mesmo de costas. Melissa usava um vestido verde e um lenço florido da mesma cor na cabeça. Ela virou-se enquanto ele e Luana se aproximavam.

— Aaaaaah! — Ela gritou serelepe, deu saltinhos e foi ao encontro dos amigos, segurando um copo de suco. Ela os abraçou demoradamente. — Luana, Gabs... quanto tempo!

Melissa fez uma careta ao perceber a gafe e se corrigiu:

— Desculpa, Lucas. É que me acostumei tanto com Gabriel.

Ela passou a mão no rosto de Lucas, com uma barba crescendo, e pousou-a no ombro dele.

— Me conta como está a vida de vocês. Faz tempo que a gente não se fala. Precisamos nos encontrar mais vezes.

Os três continuaram conversando enquanto comiam e várias pessoas passavam ao redor, também colocando a conversa em dia. Descobriram que Melissa estava namorando um homem e uma mulher ao mesmo tempo.

— E sabe de uma coisa? — continuou ela, rindo ao tomar um gole do suco. — Estamos muito felizes. Finalmente encontrei pessoas que têm a mesma mentalidade que eu nesse assunto. Nunca estive tão bem.

— Nós vamos querer conhecer eles dois, hein, Mel? — disse Luana, rindo.

— O que você tem, Lucas? — emendou Melissa ao perceber o olhar cabisbaixo do amigo. Pelo visto ele não estava fazendo um bom trabalho em fingir. — Não está feliz pela sua amiga? — Ela riu, acariciando seu braço.

— Não é isso. — Lucas olhou de Luana para Melissa. Por fim, desistiu de esconder seus sentimentos e suspirou antes de continuar: — É que tenho lembrado muito da minha avó e do Alan ultimamente. Sinto a falta deles mais do que nunca. Não que eu nunca tenha sentido esses anos todos. Mas é que... Não sei... Ultimamente não tenho conseguido evitar de pensar neles.

Para sua surpresa, falar sobre aquilo em voz alta trouxe uma pitada de conforto para a angústia presa em sua garganta. Algo que estivera empacado ali por muito tempo.

Luana tocou o outro braço de Lucas e disse:

— É normal, Lucas. Principalmente porque as datas em que tudo aconteceu estão se aproximando.

— Mas saiba que estamos com você — emendou Melissa, abrindo um belo sorriso para animá-lo. — Como sempre estivemos.

— E vamos juntos no protesto — disse Luana.

— Para lembrar dele e impedir que nos joguem no armário de novo — finalizou Melissa.

Os três deram um abraço triplo rapidamente, e Lucas sentiu um pouco da boa sensação que só sentira quando ainda atendia pelo nome de Gabriel. Por um instante, desejou ficar ali por mais tempo. Somente aqueles segundos não eram suficientes. Queria mais. Precisava de mais. Foi como se, de repente, eles estivessem no passado outra vez, falando das provas, rindo, planejando o futuro e sendo jovens. Se isso fosse possível, Alan estaria ali, sendo o quarto membro que completaria o grupo.

Logo, estavam entrando no auditório para a primeira palestra. Lucas pelo menos pôde se concentrar na carreira e deixar os problemas pessoais um pouco de lado.

✗ ✗ ✗

Há anos, Lucas esteve nesse mesmo local, mas na época usava o seu segundo nome. Estar no vão do MASP naquela situação trazia de volta todas as memórias e sensações que buscava deixar enterradas. Era como se tivesse voltado no tempo. O memorial estava refeito; as velas, as flores, as fotografias e os objetos para relembrar os mortos estavam espalhados. Milhares de rostos desconhecidos. Nenhum deles estava mais ali.

Lucas andou por entre eles até encontrar a fotografia de Alan. Aquele sorriso que se estendia até os olhos verdes o encarou de volta, e ele lembrou-se da última vez que o vira. Saindo da casa de Alan, com um beijo na testa, na manhã de uma segunda-feira, depois de um fim de semana juntos na casa dele. Levou lentamente uma mão até o local, tocando na pele onde tinha sentido seus lábios.

A multidão se organizava em frente ao museu, na avenida Paulista, com seus cartazes e suas faixas pedindo justiça para as mortes causadas pelo preconceito. Relembravam casos e mais casos de homofobia que nunca haviam sido solucionados pelas autoridades, Alan sendo mais um entre eles. Os agressores nunca foram identificados e provavelmente estavam por aí, à solta pelas ruas, causando mais tragédias. Para piorar tudo, a classe política conservadora queria tirar as poucas conquistas alcançadas e dizer o que se enquadrava ou não na lei anti-homofobia implantada não muito tempo antes.

Luana, Melissa e Juliana aproximaram-se de Lucas. Luana colocou uma mão no ombro dele, e ele levantou o olhar da foto de Alan com os olhos visivelmente vermelhos, mas sem derramar nenhuma lágrima.

Uma jovem negra que estava no centro da multidão era a organizadora daquele protesto. Ela pegou o microfone para começar a ler trechos de um texto em um papel nas suas mãos, palavras que pediam justiça, segurança, igualdade e o direito de viver sem distinção, independentemente da orientação sexual e da identidade de gênero. As pessoas repetiam as palavras, e Juliana filmava tudo com o celular, transmitindo ao vivo nas redes sociais.

Era um momento histórico e, ali, em meio àquele monte de gente que pedia a mesma coisa, Lucas soube que não estava sozinho nem nunca estivera. Enquanto houvesse pessoas obstinadas a lutar e a resistir contra a opressão, sempre haveria esperança. Sem perceber, ele estava repetindo o que a mulher dizia ao microfone, e sua voz já não era mais sua. Ela se unira à de todos os outros, que clamavam pela mesma coisa: apenas o direito de viver sem medo de ser quem eram, sem medo de amar, sem medo de perder um ente querido pelo simples fato de *ser*.

Ele estava ali por Alan, por Luana, por Melissa, por ele mesmo. Estava ali pela avó Gertrudes, que o amara mais do que tudo, e ele tinha certeza disso, pois sentiu, naquele mesmo instante, todo o amor dela enchendo seu coração.

Uma lágrima começou a surgir em seu olho esquerdo, mas ele piscou e ela não chegou a cair.

✖ ✖ ✖

No fim daquela noite, Lucas estava novamente sozinho em seu apartamento. Embora estivesse se sentindo melhor, ainda tinha medo de deixar que os sentimentos aflorassem. Os acontecimentos do passado deixaram uma ferida enorme nele, e ela estava tampada.

Se mexesse ali, sangraria novamente, e não gostava daquela sensação. Era melhor manter-se num chão seguro e limitado do que expandir o espaço e perder-se.

Ao deitar-se na cama, lembrou-se de Felipe. As memórias estavam se embaralhando na sua cabeça e teve a sensação de que o vira pela última vez muitos anos antes, e não apenas algumas semanas.

Suspirou, pensando no último encontro que tiveram. Felipe tinha razão. Eles não podiam se ver, pois queriam coisas diferentes. Lucas não estava pronto para quebrar os muros, e Felipe não queria se jogar contra eles apenas para se machucar.

Pegou-se pensando que, se ele ainda se comportasse como Gabriel, talvez os dois já tivessem se envolvido muito mais, sem medo do risco de perdê-lo ou de se ferirem, apenas sentindo e deixando-se viver.

Mas ele agora era Lucas, e o Lucas não era uma pessoa totalmente boa. Havia passado muitos anos de quando, se arrumando para ir à primeira festa da faculdade, Gabriel se pegara pensando sobre as pessoas já nascerem com seu caráter pré-definido. Ele acreditava que cada uma tinha sua índole e era isso o que mais importava, e que isso as guiaria nos caminhos à frente. Todavia, deitado em seu quarto, anos depois, o mesmo homem — agora atendendo pelo seu outro nome — concluiu que a segunda teoria era a verdadeira: a de que as experiências de cada um são o que moldam o caráter e formam o indivíduo.

Sim, ele tinha certeza disso, pois Lucas surgira assim: das vivências e dos piores pesadelos de Gabriel. Ele se tornara uma pessoa que não queria ser, mas que precisava ser se não quisesse sofrer.

Divagando entre as memórias e teorias que dariam nó na cabeça de qualquer um, Lucas adormeceu e sonhou com o passado outra vez.

Em meio aos sonhos, perdeu-se e não soube dizer mais quem era. Só soube que os demônios criados em seu eu-Gabriel se revelaram, mostrando seus lados mais obscuros.

Gabriel

Se o tempo refletisse como Gabriel se sentia por dentro, deveria fazer um dia nublado, sem vida e, depois, uma tempestade com raios que destruiriam tudo. Mas aquele dia estava o oposto. O sol alto deixava o céu com um azul tão claro e nuvens tão bonitas que, para muitos, poderia ser um dia de esperança e alegria. Só não para ele e para as muitas pessoas no cemitério naquela tarde.

O caixão com o corpo de Gertrudes descia lentamente até a cova, suspenso por cordas. Havia lápides em todos os lados, e as pessoas que foram se despedir de Gertrudes estavam em silêncio observando a cena. Algumas choravam, outras tinham expressões indecifráveis no rosto, mas todas estavam de preto, mesmo com aquele calor.

Ao lado de Gabriel, é claro, estavam Luana e Melissa, as duas com óculos escuros, cercando o amigo como se fossem suas seguranças particulares. Talvez fossem, e estivessem ali assegurando que ele mantivesse o pouco de sanidade mental que ainda lhe restara depois dos últimos dias.

A maior parte dos presentes era formada pelos amigos que Gertrudes fizera no Mães pela Diversidade. Homens e mulheres de todas as idades com camisetas do grupo, em homenagem àquela senhora tão especial. Essas pessoas, no entanto, eram alvo de olhares tortos de outras duas que estavam visivelmente desconfortáveis de ver os rumos que Gertrudes havia tomado em vida.

Gabriel ajeitou os óculos de sol no rosto e olhou para os pais, a apenas alguns metros de distância, tão juntos que ele não se surpreenderia se os dois se tornassem um único corpo. Pareciam ter medo daquelas pessoas desconhecidas.

Embora Gertrudes não tivesse religião, um padre rezava para sua alma. Houve alguns minutos de silêncio, durante os quais cada um deveria mentalizar boas energias para Gertrudes. Gabriel não conteve as lágrimas, que rolaram por suas bochechas, e desejou de todo o coração que a avó estivesse em paz, se é que houvesse algo depois da morte. Desejou que Alan também estivesse bem, sem as dores que devia ter sentido durante o ataque covarde que sofrera. Só queria que as duas pessoas que ele mais amara em toda a sua vida tivessem encontrado paz num mundo onde não existiam pessoas ruins e sentimentos antagônicos que machucavam tanto.

Ao final da oração, o caixão foi baixado totalmente e a cova, tampada. As pessoas começaram a se retirar, e muitas do grupo Mães pela Diversidade abraçaram Gabriel em sinal de condolência. Ele recebeu os abraços de bom grado, principalmente de algumas mulheres que havia visto nas reuniões às quais acompanhara a avó.

O cemitério já estava quase deserto. Luana, Melissa e Juliana aguardavam um pouco afastadas enquanto Gabriel se despedia de uma senhora amiga de Gertrudes. Quando a mulher se distanciou, Gabriel percebeu que seus pais ainda estavam ali, cochichando algo entre eles e olhando-o. A mãe, Gabriela, parecia furiosa. Walter, o pai, tentava acalmá-la.

Mas foi em vão. Quando percebeu, a mãe se aproximava dele a passos largos e raivosos. Luana, Melissa e Juliana observaram o desenrolar, atentas.

Gabriela chegou até o filho, com o qual não falava havia bastante tempo, e parou à sua frente, olhando-o de cima a baixo com repulsa. Ela parecia ter dificuldade de encontrar as palavras certas. Abriu e fechou a boca algumas vezes antes de falar:

— Por sua culpa e desse estilo de vida que resolveu seguir perdi minha mãe.

Walter se aproximou da esposa e parou ao seu lado, encarando o filho, claramente decepcionado, como se ele fosse o culpado de toda a situação.

— Ela deixou de falar comigo porque teve pena de você. — O músculo da bochecha da mãe tremia de tanta raiva. — Ficou com dó de te deixar se virar sozinho, que era o que devia ter feito, assim como eu fiz.

— Você não conhecia ela, pra estar falando desse jeito. — Gabriel a encarou através das lentes dos óculos de sol. Agora, somente eles e as amigas estavam ali, cercados pelo silêncio dos mortos e sob o sol escaldante.

— Ela deve ter morrido de decepção por ver a vida imunda que você leva. — O cenho da mãe estava tão franzido que Gabriel imaginou se não estaria doendo ficar daquele jeito. — Não aguentou conviver com a sua imundície.

— Mãe, eu não quero brig...

— Não me chama de mãe! — interrompeu ela com um grito, a mão estendida no ar em direção ao seu rosto. Mais alguns centímetros e ela o teria atingido na face. Luana, Melissa e Juliana se aproximaram um pouco, mas ainda mantiveram uma certa distância. — Eu não tenho um filho... — Ela hesitou, respirando aceleradamente, olhando-o outra vez de cima a baixo. Walter apenas continuou parado, observando a cena, mas claramente concordando com a esposa, a julgar pela expressão desgostosa com a qual olhava para Gabriel. — Essa aberração não é meu filho.

Aquelas palavras atingiram Gabriel em cheio. A dor do abandono cresceu em seu peito, inchando tanto que ele achou que fosse ceder e cair sem vida ali mesmo. Embora suas amigas estivessem ao seu lado, sentiu-se sozinho no mundo. Sua avó, diferentemente de quando havia sido expulso de casa, não estava ali para confortá-lo e dizer que tudo ficaria bem, pois não ficaria. Seu namorado também não estava ao seu lado; e aqueles que o deviam acolher e o amar acima de tudo eram os únicos restantes. Só que, ao invés disso, destroçavam ainda mais seu coração com palavras de gumes tão afiados quanto facas.

Gabriel chorava, mas o Lucas em seu interior começava a se formar. Se realmente quisesse ser aquele seu outro lado — o que não sofria e era tão frio quanto o homem que o tinha criado à sua frente —, não podia se deixar chorar. Respirou fundo, secou o rosto com as costas da mão, ergueu o olhar e encarou as duas pessoas que um dia chamara de pai e mãe, mas que naquele momento não significavam nada para ele.

— Acho que vocês precisam ir — disse, da forma mais calma que conseguiu. — Não quero brigar perto do túmulo da minha vó.

Walter segurou a esposa pelo braço, e os dois começaram a se afastar sob o olhar das meninas atrás de Gabriel, que permaneceu imóvel, controlando a raiva que sentia. Suas mãos fechadas em punho e ao lado do corpo tremiam, mas ele tentava esconder o nervoso.

Gabriela virou-se de repente, voltando alguns passos até parar ao lado do filho. Ele não a encarou, mas ela chegou tão perto de seu ouvido que ele sentiu o calor do hálito dela quando ela deixou ali suas últimas palavras.

— O próximo que será enterrado é você. — Ele sentiu a respiração acelerada dela contra sua pele. — Vai pegar alguma doença imunda, se é que já não pegou.

Luana, Melissa e Juliana dessa vez foram até Gabriel e o afastaram da mãe, ao ver que ele estava a ponto de explodir de ira. Ela mesmo assim continuou:

— Esse é o castigo divino para os gays.

Enquanto as amigas puxavam Gabriel para longe, virando as costas para ela, Gabriela continuou gritando, para ter certeza de que era ouvida:

— Vocês morrem cedo porque são aberrações, e Deus não permite que vocês vivam por muito tempo.

Eles não olharam para trás enquanto procuravam uma saída. Walter e Gabriela se foram. Gabriel apoiou-se numa lápide, ofegando, como se tivesse corrido uma maratona, e explodiu em lágrimas, urrando de raiva e soltando um grito que ecoou por todo o cemitério.

Luana tentou se aproximar para um abraço, mas ele a impediu ao erguer uma mão. Ela e as outras apenas olharam enquanto Gabriel urrava e soltava todo seu ódio para os céus. Até que caiu de joelhos e agarrou a cabeça com as duas mãos, chorando copiosamente no gramado.

E o Gabriel se foi com as lágrimas, dando lugar ao Lucas, que demorou muitos anos para chorar com tanto sentimento quanto aquele rapaz no cemitério.

Lucas

A recepcionista do consultório bateu à porta da sala de Lucas e espiou pela fresta.

— Precisa de mais alguma coisa? — perguntou, com um sorriso simpático no rosto. Ela usava óculos e tinha o cabelo curto, as pontas repicadas davam a ela uma aparência ainda mais jovem. — Já estou indo embora.

— Não, Sandra. — Lucas, sentado à mesa, mexendo nas anotações de seus pacientes, devolveu-lhe o sorriso. — Pode ir. Bom fim de semana para você.

— Até segunda, então. — Ela acenou e fechou a porta do consultório, deixando Lucas sozinho. Ele continuou trabalhando, mas logo percebeu que não conseguia mais se concentrar e fechou os arquivos, guardando-os nas gavetas correspondentes.

Pensou em ir ao bar onde Felipe trabalhava para se distrair um pouco. Levantou-se, já pegando as chaves do carro, mas então decidiu que não estava pronto para vê-lo ainda.

No caminho para casa, parou na loja de conveniência de um posto de gasolina e comprou algumas bebidas para tomar quando chegasse em casa. Sozinho em seu apartamento, como já estava acostumado.

Embora tivesse Luana, Melissa e até mesmo Juliana, Lucas sentia-se incompleto. Talvez fosse o trauma de ter perdido Alan e, logo em seguida, a avó. A bebida às vezes o ajudava a se desligar e a manter o muro emocional em pé. Em vez de ir ao bar aquela noite, era melhor ficar sozinho com seus pensamentos.

Cumprimentou o porteiro, Seu Nelson, ao passar pela portaria, e pegou o elevador. Depois de tomar um banho relaxante, pediu uma pizza e sentou-se no sofá. Ia colocar algum filme para passar o tempo, mas acabou parando no canal de notícias ao ver algo que lhe interessava. A reportagem exibia os protestos de que ele participara fazia alguns dias, e os vídeos gravados por Juliana eram reproduzidos enquanto a jornalista narrava.

Ela explicava que a paralisação fora uma das maiores do ano. Em seguida, a imagem cortou para uma repórter que tinha ido às ruas entrevistar pessoas e perguntar o que achavam das decisões dos políticos.

— Eu acho um absurdo essa lei de homofobia existir. — disse um dos entrevistados. — Essas pessoas querem privilégios. Agora tudo que a gente disser vai ser homofobia. Tem que mudar, sim. Qualquer coisa vão cair em cima da gente dizendo que é preconceito.

Lucas balançou a cabeça em negação, sem paciência para aquele tipo de discurso. Mas, em seguida, uma mulher de cabelos encaracolados disse:

— Isso não traz privilégio para ninguém. É um direito básico essa lei existir. É um dever do Estado, pois ninguém merece morrer por ser quem é. Isso não devia nem estar sendo discutido.

Ao fim da reportagem, veio a boa notícia. Os deputados voltaram atrás na decisão e decidiram não alterar a lei, nivelando a homofobia ao crime de racismo. Feliz por ter feito parte do protesto que assegurara esse direito, Lucas tirou do canal de notícias e colocou seu filme na Netflix.

Passou a noite assistindo, comendo pizza e bebendo sozinho, distraindo-se com as imagens na televisão. Pouco depois da uma da manhã, quando terminou o terceiro filme e já se sentia um tanto quanto zonzo por causa da bebida, destravou o celular para checar as redes sociais. Havia vários compartilhamentos de uma notícia que ele demorou alguns segundos para absorver. Quando a ficha caiu, seus olhos arregalaram, abismado. O choque congelou seu corpo por alguns instantes, mas logo ele colocou-se de pé de supetão, calçou o tênis, pegou a chave do carro e saiu sem nem mesmo trancar a porta da sala.

Não! Não era possível estar acontecendo tudo de novo.

✗ ✗ ✗

Mesmo sendo o início da madrugada, a cidade de São Paulo nunca dormia. Embora não houvesse trânsito, as ruas não estavam desertas. Lucas costurava entre um carro e outro, seguindo pelo caminho que conhecia tão bem.

Ao deixar o apartamento, desesperado, nem pensara que podia ser parado pela polícia e submetido ao teste do bafômetro, o que provavelmente apontaria altos índices de álcool em seu sangue. De vez em quando, o mundo parecia ficar para trás, em câmera lenta, mas a sensação de embriaguez estava passando aos poucos, à medida que o carro deslizava pelas ruas de São Paulo com o tom laranja-amarelado da iluminação noturna.

Por sorte, não passou por nenhum comando policial no caminho. Suas mãos tremiam quando ele pegou o celular no bolso e procurou o contato na agenda, intercalando o olhar entre a tela do aparelho e a rua à sua frente. Distraído, atravessou um cruzamento no sinal vermelho e só não bateu porque o outro veículo passou buzinando freneticamente, fazendo-o frear.

Lucas só não se chocou contra o para-brisa porque estava de cinto de segurança. Aproveitando a parada súbita, mas ainda sem se recuperar do segundo susto da noite, mexeu no celular, errando as teclas de tanto que tremia.

Jogou o celular no banco do passageiro depois de pressionar o botão do viva-voz e ver o nome de Felipe na tela enquanto a chamada era feita. Esperou, ouvindo o som da ligação sendo completada... e caindo na caixa postal. Ele tentou mais uma vez quando o sinal abriu e pisou fundo no acelerador, a borracha do pneu gritando em atrito com o asfalto.

Nada. Caixa postal outra vez.

Urrando, Lucas desistiu e focou na estrada. Segurou o volante firmemente com as duas mãos e continuou seguindo, o nervosismo acelerando seu coração. Por não acreditar em uma divindade, ele começou a rezar para a avó, pedindo a ela que não deixasse nada ruim acontecer a Felipe, implorando para que ele o encontrasse bem quando chegasse.

Seus olhos estavam cheios de lágrimas, mas elas ainda assim não caíram. Seguindo pelos últimos quilômetros, Lucas ligou o rádio do carro para ver se havia alguma atualização. Achou a primeira estação que noticiava o ocorrido e prestou atenção, sussurrando para si mesmo e para a alma da avó.

—... Há menos de uma hora. As ambulâncias estão chegando ao local agora mesmo e não há informações sobre o número de feridos. As pessoas estão usando o termo "homofobia" e "terrorismo" como possível motivação, pois o bar era um local frequentado pelo público LGBTQIA+.

Lucas cruzou perigosamente um sinal vermelho e continuou acelerando, batendo no volante, impaciente. Virou a última esquina e viu as luzes vermelhas e azuis da polícia em todos os lados, assim como diversos carros de resgate. Havia caminhões de bombeiro e uma multidão se formando. Parou o carro no meio da rua e saiu, deixando-o de portas abertas. Espremeu-se entre a multidão curiosa. No céu, a fumaça escura se espalhava, escurecendo a noite ainda mais.

    Lucas chegou à frente do bar e parou rente às faixas amarelas que delimitavam a área. Policiais estavam de guarda enquanto os bombeiros apagavam o fogo a poucos metros. O bar que ele tanto frequentara e aonde quase fora naquela mesma noite. Era para ele estar lá dentro quando os terroristas passaram por Felipe na recepção e entraram no local.

    Lucas imaginou-os instalando as bombas em cantos desconhecidos e deixando o local para detoná-las à distância. Ou será que tinham se explodido com elas? Não havia revista na porta do recinto, e eles se aproveitaram dessa falha para explodir o bar numa sexta-feira à noite, um dos dias mais movimentados da semana.

    A motivação agora não importava. Lucas varreu o local com os olhos: o prédio destruído com destroços acumulando-se pelo chão, as chamas se espalhando pelas casas vizinhas, as pessoas sendo socorridas pelos bombeiros, sentando-se no chão, sendo encaminhadas para os carros do SAMU. Suas peles queimadas, chamuscadas, as tosses espalhando-se pelo ar, os gritos, os choros, o medo, o desespero, a morte.

    Onde estava Felipe?

    Lucas passou por baixo da faixa amarela e correu para o bar, ignorando o grito de um policial que correu atrás dele e o impediu no meio do caminho, puxando-o bruscamente pelo braço. Lucas tentou resistir, mas o policial foi mais forte e o empurrou de volta.

    — Eu conheço alguém ali. — protestou Lucas, tentando andar, mas sendo impedido novamente. O policial colocou a mão na coronha do revólver, barrando-o. — Preciso achar o Felipe. Ele é loiro, tem olhos azuis, é o *host* do bar... Por favor, eu preciso...

    — Ainda tem gente presa lá dentro nos escombros! — Um bombeiro gritou enquanto ele e seus parceiros preparavam mais uma mangueira para ajudar a apagar o fogo. Lucas percorreu de novo a cena com o olhar e viu corpos sendo fechados em sacos pretos e os feridos sendo levados pela emergência. O som dos choros e dos gemidos de dor das pessoas...

— Ele foi levado... — Um homem, que estava em cima de uma maca e era carregado pelos paramédicos, chamou a atenção de Lucas com um movimento das mãos. Seu rosto estava machucado, chamuscado e um filete de sangue escorria de sua testa. Lucas o reconheceu como um dos atendentes do bar. Ele sempre o servia. Lembrava-se até mesmo de como o tinha olhado várias vezes, pensando que um dos requisitos para trabalhar no local era ser bonito daquele jeito. Sua beleza, no entanto, estava oculta pelas queimaduras em sua pele, o sangue escorrendo misturando-se com a fuligem e o suor. Ele tossiu algumas vezes enquanto era afastado, os socorristas ignorando o que falava. — Eu o vi... — Tossiu de novo. — Eu vi quando levaram ele.

Lucas virou-se, o policial ainda tentando impedi-lo, e correu entre os curiosos que estavam por ali, empurrando-os bruscamente. Seu carro estava no mesmo lugar, com a porta escancarada. Ele entrou e fechou-a com um baque alto. Deu ré, com pressa, e seguiu em direção ao hospital mais próximo da região, torcendo para que o pior não tivesse acontecido.

✕ ✕ ✕

Teve certeza de que estava indo para o lugar certo quando viu as ambulâncias passarem correndo por ele nas duas direções, algumas indo buscar os feridos e outras levando-os ao pronto-socorro.

Uma terrível sensação de déjà-vu o acometeu. Anos antes, ele estivera dentro de um carro da emergência, acompanhando Alan para o mesmo hospital. Foi a última vez que o vira com vida, ainda que somente com um fiapo dela.

Agora estava seguindo para o mesmo lugar, pelo mesmo motivo. Um ataque homofóbico. Nada fora apurado, só o que se sabia era que houveram algumas explosões no bar no meio da noite e que suspeitavam de bombas implantadas.

Lucas parou o carro no estacionamento do hospital e viu o caos de ambulâncias chegando e saindo. Entrou pela porta da emergência e correu para a recepção.

— Um dos feridos na explosão do bar. — despejou ele para o rapaz ali, batendo os dedos freneticamente no teclado do computador à sua frente. — Felipe... — Ele hesitou. Não se lembrava nem do sobrenome dele. Pensou por uns instantes e se lembrou do uniforme de trabalho de Felipe, com o nome bordado discretamente no peito. — Felipe Gonçalves. Quero saber como ele está.

O recepcionista o olhou com raiva, como quem dizia "estou ocupado, não está vendo?", então suspirou fundo e resolveu atender ao seu pedido. Digitou no computador e esperou a tela carregar.

— Ele deu entrada tem pouco tempo. — O rapaz o olhou de cima a baixo antes de continuar, sarcástico: — Você por acaso se chama Andreia?

Lucas franziu o cenho, sem entender a pergunta, e ficou sem reação.

— O contato de emergência dele é a Andreia Gonçalves, a mãe, e eu só posso liberar a entrada dela.

— Eu sei lá que porra de Andreia! — Lucas bateu no balcão, e o recepcionista deu um pulo assustado, logo recuperando a postura. Algumas pessoas sentadas ali nas cadeiras o olharam. — Só quero saber se ele tá bem.

Uma mulher que entrava pela porta da emergência se aproximou timidamente do balcão. Ela vestia um casaco marrom e calça jeans. Seu cabelo era loiro, mas os vários fios brancos e as rugas no rosto denunciavam sua idade. Ela olhou para Lucas, que a encarou de volta. Ele ia gritar com o recepcionista outra vez quando a mulher disse:

— Ouvi alguém dizer Andreia. — Seu tom era de nervosismo e preocupação. Seus olhos estavam vermelhos. — Recebi a ligação do hospital. Meu filho veio para cá.

O recepcionista olhou para Lucas uma última vez antes de se virar para a mulher e pedir seu documento. Andreia o entregou e ele a registrou no computador, dando uma etiqueta escrito "acompanhante", que ela colou por cima da jaqueta marrom.

— Pode seguir até o fim do corredor e virar à direita — explicou o recepcionista, apontando a direção. — Aguarde na área de espera lá dentro que os médicos lhe chamarão assim que tiverem resposta.

Andreia começou a se afastar, mas Lucas a seguiu, e eles pararam no meio do caminho.

— Eu conheço o Felipe — disse ele, esfregando as mãos. — Não vão me deixar entrar, mas preciso muito saber como ele está.

— Qual é o seu nome? — indagou Andreia.

— Gabri... — Ele chacoalhou a cabeça, confuso. — Quer dizer, Lucas. — Fez-se um segundo de silêncio entre os dois, até Lucas acrescentar: — Tanto faz, mas ele me conhece como Lucas.

— Me disseram pelo telefone que ele estava bastante machucado — contou Andreia, e seus olhos vermelhos começaram a derramar as lágrimas. — Eu volto com notícias assim que souber de alguma coisa. Agora eu preciso ficar perto do meu filho.

Lucas assentiu com a cabeça e se afastou. Andreia seguiu pelo corredor. Ele ficou observando-a ali, de pé, em meio a pessoas aflitas que aguardavam o mesmo que ele: uma notícia boa vir lá de dentro.

Lucas sentou-se em uma cadeira, bufando. Sentiu os músculos contraindo-se de estresse. Da última vez que estivera naquele hospital, passara uma longa madrugada sofrendo. Fora quando perdera sua essência, e ali estava ele outra vez, repetindo a história.

Só que agora estava sozinho. Suas amigas não estavam ao seu lado para ampará-lo caso outra notícia ruim saísse por aquele corredor. Ele aguardou, olhando o relógio na parede perto da televisão que noticiava as explosões no bar. Passava das duas da manhã. As horas se arrastavam. Lucas permaneceu com os olhos grudados nos ponteiros, balançando a perna esquerda freneticamente, aflito.

Eram 4h03 da manhã quando Andreia retornou.

EPÍLOGO

LUCAS GABRIEL
Semanas depois

Fazia alguns minutos que Lucas Gabriel estava parado em frente ao espelho embaçado pelo vapor do chuveiro. Ele encarava o próprio reflexo, apenas com a toalha enrolada na cintura. Já não conseguia mais decidir se era Lucas ou Gabriel, por isso não se importava se fosse chamado por qualquer um desses nomes — ou mesmo pelos dois.

Lembrou-se do que Felipe lhe dissera uma vez sobre precisar abrir a porta e deixar alguém entrar uma hora. Pensou que percebera tarde demais a verdade naquelas palavras. Ele criara um bloqueio tão forte que talvez fosse impossível transpô-lo.

Desembaçou o espelho com um movimento da mão esquerda e encarou seus olhos castanhos. Depois de tudo que vivera, seus caminhos o levaram até aquele momento. Fechou os olhos, respirou fundo e os abriu outra vez.

Não quero ser como você, pensou.

Não queria mais ser solitário. Não queria se trancar mais dentro de si mesmo e se esconder do mundo. Não queria isolar seus sentimentos e impedir a si mesmo de viver. Ele sentia falta do Gabriel, mas tinha medo de voltar a sê-lo.

O medo o prendia no mesmo lugar obscuro o tempo todo. E ele estava cansado de ficar ali. Precisava seguir em frente, se libertar das amarras e derrubar o muro para seguir seu caminho.

Como ele pensara havia muito tempo, talvez as experiências da vida de uma pessoa a moldassem e definissem quem ela seria. Havia um pouco de verdade nisso, sem dúvidas, mas o que mais podia definir o caráter e o caminho de alguém talvez fossem suas escolhas. Ele decidira que não queria mais ser o que vinha sendo nos últimos anos. Estava na hora de ser Lucas Gabriel. Nem um, nem outro. Um só.

O interfone tocou quando ele terminava de se vestir para dormir. Apesar de ser apenas 21h, só queria uma boa noite de sono para acordar renovado na manhã seguinte.

Seu Nelson anunciara que havia alguém na portaria do prédio esperando para subir, e Lucas dera autorização, abrindo um sorriso no rosto que iluminou a sala escura.

Ele acendeu as luzes e ajeitou os cachos com a ponta dos dedos enquanto esperava. A batida na porta veio logo em seguida. Lucas respirou fundo e abriu uma brecha, encontrando-o de pé no corredor, rindo com os olhos cor de céu num dia ensolarado. Trazia nas mãos uma caixinha de comida chinesa cujo cheiro invadiu as narinas de Lucas. O rosto ainda exibia alguns machucados que começavam a cicatrizar, mas Felipe nunca estivera tão lindo como naquele momento.

— Minha mãe falou que tinha um tal de Lucas muito, mas muito preocupado mesmo, fazendo um barraco na recepção do hospital no dia do atentado. — Os olhos castanhos encontraram os azuis, e Lucas sentiu-se afogando naquela imensidão que podia facilmente carregar todo o oceano.

— Talvez ela tenha exagerado um pouquinho — rebateu, coçando a parte de trás da cabeça, enrubescendo de um modo que não fazia havia muito tempo. O que era aquilo em seu estômago? As borboletas que tinham desaparecido durante todos aqueles anos nos quais não se permitira sentir?

— Se exagerou ou não, só sei que eu vim agradecer pela preocupação. — Felipe mostrou a caixa de comida chinesa e deu de ombros. — Desculpa não ter ligado nem nada, mas é que você não esperou para me ver naquele dia e eu perdi meu celular, então...

— Eu só precisava saber se você estava bem — interrompeu Lucas, sem tirar os olhos de Felipe. — Sua mãe me disse que você ia se recuperar, então fiquei aliviado e fui embora.

Muitas pessoas foram salvas no atentado do bar, e os responsáveis pelo crime foram capturados poucos dias depois. O local logo começaria a ser reconstruído e voltaria à atividade para mostrar ao mundo que nenhum ato de preconceito os derrubaria. Felizmente, Felipe estava perto da porta quando aconteceram as explosões e, apesar de ter sido atingido por um escombro, seus ferimentos tinham sido fáceis de medicar. Os físicos pelo menos, porque os danos psicológicos talvez perdurassem por mais algum tempo. Talvez por isso ele precisasse de um lugar seguro onde pudesse se recuperar.

Os dois se olharam em silêncio por alguns instantes. Lucas sentiu exatamente quando seu passado e seu presente se encontraram naquela hora, tornando-o um só. Não havia mais duas personalidades separadas. Ali, vendo a imensidão azul naquele olhar, pôde perceber que tudo estava bem. Não precisaria se esconder por trás de muralhas. Podia se deixar sentir outra vez. Talvez não fosse sempre um mar de rosas, ele mais do que ninguém sabia disso, entretanto não precisava mais viver fugindo e se privando. A vida é isso: enfrentar dificuldades, mas saber que sempre haverá uma chance de se recompor e crescer. E o melhor: ter pessoas com quem se importar e que se importam com você.

Lucas deu um passo para o lado e abriu a porta por completo. Felipe sorriu e entrou, recebendo um abraço caloroso no qual a troca de energia alimentou a alma dos dois. Lucas deu e recebeu o carinho de bom grado dessa vez, sem se esquivar, como há muito não fazia. Tinha até se esquecido da sensação.

Você precisa abrir a porta e deixar alguém entrar uma hora.

Ele abrira.

Felipe estava lá dentro.

Ele e Lucas Gabriel agora estavam, finalmente, seguros.

Primeira edição (setembro/2022) · Primeira reimpressão
Papel de miolo Lux cream 60g
Tipografias Neuton e Secret Admirer
Gráfica LIS